KB275836

한번 사는 인생, 하고 싶은 거 하고 살아야지

철없는 게 아니라
낭만적인 거예요

글·그림
응켱

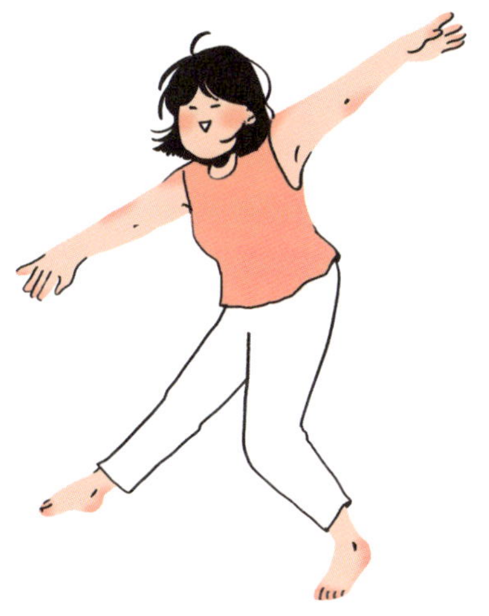

철모르고 사는 즐거움

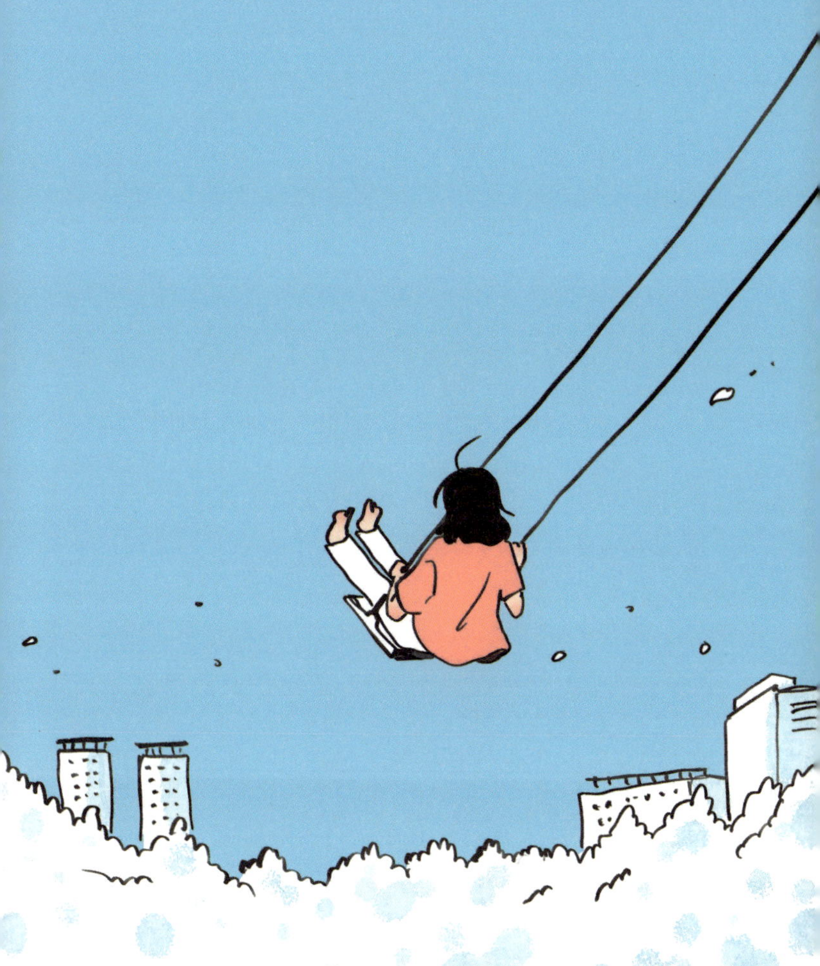
함께 들으면 좋은 OST
강산에 - 거꾸로 강을 거슬러 오르는 저 힘찬 연어들처럼

서른둘이면 세상살이에 조금은 노련해질 줄 알았습니다. 그러나 저는 여전히 서툰 것투성이죠. 여전히 아빠의 싫은 소리에 욱해서 성질부리고, 이내 후회하면서 제때 버리지 못한 쓰레기에 생긴 하루살이와 사투를 벌이곤 합니다.

이전과 달라진 것이 있다면, 아마도 이제야 겨우 내가 원하는 삶에 대한 믿음과 애정을 갖게 되었다는 것 정도. 또 내 인생 내 마음대로 살아보겠노라는 치기 또는 용기를 부려 보는 정도 같습니다.

서른둘, 전보다 불확실성이 높은 삶을 살게 되었지만 동시에 마음이 편안해졌습니다. 앞으로 살아갈 날이 훨씬 많겠지만, 바라는 건 부디 서른셋이 된 응켱도, 서른넷이 된 응켱도, 마흔, 쉰이 된 응켱도 평안한 마음으로 지금을 돌아보며 웃을 수 있다면 좋겠습니다.

대학교 때 '자화상'을 그려오라는 과제를 받은 적이 있습니다. 이십 대 초반의 저는 도화지 위 '일그러진 시계'와 '달팽이'를 그렸습니다. 돌이켜 보면, 어쩌면 전 꽤 한결같은 사람이었구나 싶습니다. 지금도 바라는 건, 내 마음의 완급 조절을 잘하며 앞으로 나아가길 멈추지 않는 사람이고 싶거든요.

원래는 퇴사하고 마음껏 만화를 그려 볼 작정이었습니다. 그런데 생각보다 자신을 돌아보는 데 많은 시간이 필요했습니다. 그 시간 속 지난 나를 성찰하며 작업했던 글과 그림들을 계기로, 흘러 흘러 지금은 작업실에 앉아, 이렇게 글을 쓰고 있습니다. 이전에는 인생이 어디로 흘러갈지 모른다는 것이 늘 큰 불안이었는데, 지금은 어쩌면 그래서 재미있는 것일 수도 있겠구나 하고 종종 생각합니다. 어디로 흘러갈지 모른다는 점. 담담히 마주하니 감히 흥미로워집니다.

제대로 흘러가긴 할까요. 그건 잘 모르겠습니다. 회사를 다니던 그 시절보다 여유도 없고 정신도 없지만, '버틴다'의 감각이 아닌 '살아간다'의 감각이 충만한, 살맛나는 일상을 충실히 보낼 뿐이죠.

퇴사자의 모순일지 모르겠지만, 회사를 무척 사랑했습니다. 직장 생활도 동료들도 그럭저럭 애정했습니다(애정씩이나). 사람들과 치열하게 부대끼며 그로써 다양한 관계를 맺고 경험할 수 있었던 것 같습니다. 해가 갈수록 사람 일에 대해서 의연해져 가는 과정은, 어쩌면 한 개인의 성장이기도 했으니까요. 하지만 한 가지 결국 채워지지 않는 갈증이 있었습니다. 일. 결국 일이었죠. 일에 대한 거창한 의미 부여나 막연한 기대가 있었던 것은 아니지만, 하루의 팔 할을 일을 하며 보내니, 일에 대한 만족 부재가 꽤 큰 공허가 되었던 것 같습니다. 당시에는 나만 유별난 게 아닌가 자책을 했는데, 한참 시간이 흐른 뒤에야 알게 되었어요. 그건 자연스러운 거였다는 걸요.

처음 작업했던 원고의 목차를 살펴보면 참 부끄러워집니다. 퇴사 후 저는 무엇이 그토록 억울하고 화가 났을까요. 목차 너머로 느껴지는 과거 응켱의 감정들 앞에 지금을 사는 응켱은 조금 반성하고 있습니다. 그래도 '그때보다 네가 조금 더 사람이 되었구나!' 싶어, 살짝 안도도 해 보고요.

이 책에는 결국 제가 성장하는 밤이 담겨져 있는 것 같습니다. 일단 글이라는 것에 대해서도 참 어려웠습니다. 그림이 아닌 글을 중심으로 이야기를 짓는다는 것이 제법 긴장되는 일이더군요. 꽤 오랜 시간 도통 갈피를 못 잡고 있기도 했고, 여전히 확신은 없습니다. 대충 써 볼까도 했는데, 그것도 쉬운 일은 아니었던 것 같아요. 이 대충이란 것, 즉 힘을 주지 않아도 드러나는 자연스러움이 썩 괜찮다는 것도 결국 어느 정도 숙련의 경지에 도달해야만 구사 가능한 전략이 아닌가 싶어지더라고요.

아마도 이 책을 읽으시다가 갑자기 잔뜩 힘이 들어가 있는 문장을 발견하신다면, 부디 너그러운 마음으로 이해해 주셨으면 좋겠습니다. 이런 글을 남겨도 되는 것인지 의문이지만, 부족함으로부터 조금씩 나아갈 것을 약속드리면서, 또 어디로 어떻게 얼마나 나아갈지는 모르겠지만, 점점 더 제가 되고 싶었던, 그런 사람이 되어 가는 것을 목표로요.

회사를 다니는 내내 자책을 참 많이 했었습니다. '남들 다 다니는 회사를 왜 이렇게 나만 유별나

게 받아들여야 하는가'였죠.

결국 자책의 늪으로부터 헤어 나올 수 있었던 건, 타인의 시선이 아닌 나의 내면에 더 집중하고 용기를 내면서부터였던 것 같습니다. 그리고 이제는 한번 뭔가가 되어 보려 해요. 대단한 건 아니더라도 나 스스로 용서하고 만족하고 좋아해 줄 수 있는, 그런 존재 말이죠.

우리 그런 존재로 함께 나아갔으면 합니다. 부족하지만, 부디 이 책이 그 시작의 작은 용기가 될 수 있다면 참 좋겠습니다.

• 차례 •

3장

오만과 편견, 그리고 잘못된 낭만

1장

낭만과 현실 사이의 균형

거꾸로 강을 거슬러 오르는
저 힘찬 연어들처럼

퇴사와 함께 십여 년의 서울살이를 정리하고, 부모님이 계신 지방의 본가로 내려오게 되었다. 퇴사부터 본가로 내려오게 되기까지, 놀라울 만큼 속전속결이었다. 2019년 5월 29일이 나의 공식 퇴사일이었는데(참으로 잊혀지지 않는 이 숫자), 그보다 앞선 5월 26일쯤 본가로 이사를 했으니, 이 얼마나 엄청난 추진력의 행보인가. 일찍이 직장에서는 자리와 짐을 모두 빼고 송별회까지 마친 상태였다. 남은 연차를 소진하느라 출근하지 않아도 되는 그 여유로운 아침과 동네를 활보할 수 있는 대낮의 자유가 낯설고 설레던 백수였던 것이다(이때를 좀 더 즐겼어야…).

나의 본가행은 쉽게 결정된 편이었는데, 사실 자의 100%는 아니었다. 계속 서울에서 지내고 싶단 바람과 백수가 되는 마당에 화려한 도시의 삶을 유지할 수 있겠는가란 현실 사이에서 고민하던 찰나, 때마침 집으로 다시 돌아오라는 아빠의 불호령이 있었던 것이다. 그래서 이내 못 이기는 척 곧장 짐을 챙겨 냉큼 본가로 돌아와 버렸다. 이것은 생존에 대한 문제이자 회사까지 때려치우고 하고자 하는 그 일을 중간에 포기하지 않고 지속해 내는 문제이기도 했으니까. 다시 회사라는 노동 환경으로 돌아갈 마음은 없었다. 그렇게 내가 사랑했던 도시 서울과 이별의 감정을 추스를 새도 없이, 부랴부랴 1톤 트럭과 아빠의 카니발에 이삿짐을 꽉 채워 군산으로 내려왔다.

남들 좋다는 회사까지 때려치우고 하려는 일에는 대체 어떤 절실함이 있었을까. 그런 마음이었던 것 같다. 회사 생활에 대한 흔한 회의감, 동시에 어쩌면 지금이 내 삶의 방식을 바꿀 수 있는 마지막 기회일지도 모르겠다는 절박함. 해가 갈수록 살아가는 대로 생각해버리는 내가 두려웠다. 이대로 시간을 흘려보내면 지금까지 그랬던 것처럼, 앞으로도 점점 더 커질 후회가 두려웠다. 주변의 많은 사람들이 이 같은 결정을 말렸다. 젊어서 그런다고. 회사 안이 전쟁터라면 회사 밖이 지옥이라는 걸 몰라서 저런다고. 자꾸 모른다길래 오히려 알고 싶어지더라. 얼마나 지옥이길래.

내 나이 서른하나였다. 내가 관두는 회사가 연봉, 복지, 처우, 업계 인지도 측면에서 종합적으로 '좋은 회사'에 가깝다는 걸 모르고 있진 않았다. 그저 회사 생활 5년 동안, 일한 만큼의 성취나 보람이 점점 더 사그라들었고, 일을 진행하는 회사의 방식

과 개인이 추구하는 삶의 가치 간의 갭을 참아 낼
이유 역시 점점 더 찾기 어려웠다. 내가 쓰는 총비
용(시간, 체력 및 정신적 비용) 대비 세후 월급이 만족
스럽지 않게 느껴지는 시점이 오니, 결국 이 직장 생
활을 영위하기 위해 여러모로 나를 낮추고, 감추
고, 억눌러야 하는 상황에 억울함의 감정이 넘실거
렸다. 아니, 도대체 어디까지 나란 존재를 겸손히 여
겨야 하는 것인가(아마도 저 지구 핵까지).

아무튼 생각한 대로 살고자 하는 삶에 대한 절
실함은 어떤 형태로든 가시화되었다. 이를테면 퇴
직금을 비롯해 가진 돈을 절대 까먹지 않겠다는
'통장쇄국전략' 같은 거. 그것은 지속해 내기 어려
울 것이라 회자되는 이 생활을 어디 한번 지속해 보
겠노라는 오기였을지도 모르겠다. 결국 4년을 함께
했던 차를 처분했다. 또 처분할 만한 게 뭐가 있나
필사적으로 찾았지만, 그 외에는 별다른 게 없더라.
씁쓸하지만 돈이 있어야 꿈도 꾼다는 말을 믿고 있

었으니까. 살고 싶은 삶을 지속해 내겠다는 마음이 나의 의지만으로 되는 게 아닐 수도 있다는 합리적 의심을 가지고 있었다. 이미 경험해 보지 않았는가. 입사할 때의 마음과 퇴사할 때의 마음이 전혀 다르다는 걸. 그렇게 나라는 믿을 만한 표본을 근거 삼아 시작하는 마음, 즉 초심을 절대적으로 신뢰하지 않고 있었다. 오히려 통장 잔고를 믿는 편이 더 믿을 만했다고 할까.

결국 내가 사랑하는 이 삶의 형태를 지속하고 싶다는 마음만큼 항상 통장 잔고도 있어 줘야 했다. 그렇게 퇴사 후 세계여행이라도 떠날 법한데 본가에 들어앉아 매일매일 그림을 그리기 시작했다. 지금에 와서 돌이켜 보면 운이 좋았다고 생각되지만, 퇴사 후 2개월 정도가 지나고부터 외주가 들어오기 시작했고, 티끌 모아 태산 정신으로 그 와중에 아무튼 저축도 하게 되었다. 현재 내 마음을 넉넉하게 해 주는 잔고의 마지노선을 정해 두고 그에

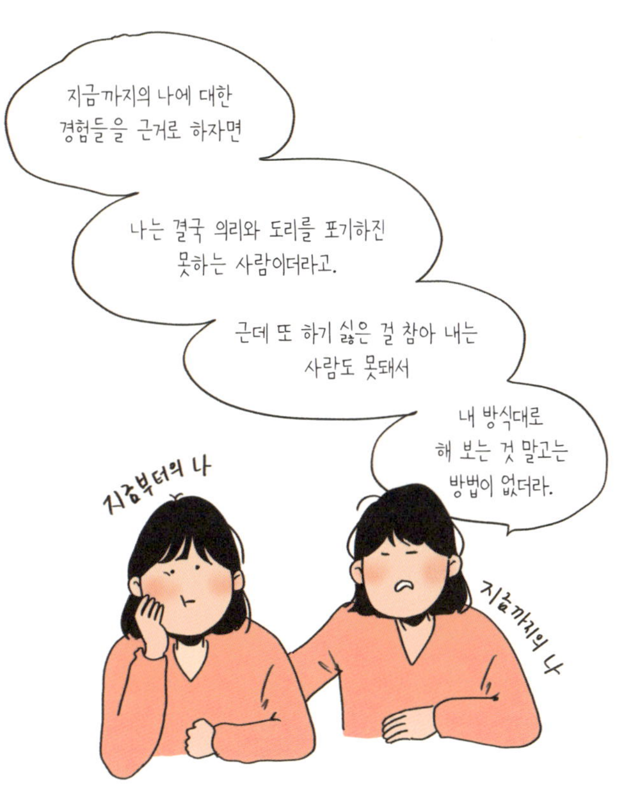

내가 나를 먼저 믿어 줘야만 해.
나조차 믿지 못하는 나를
그 누구도 대신 믿어 줄 순 없거든.

따라 놀고먹거나 노동하는 삶을 살아가는 중이다.

지금의 삶이 무조건 좋다거나 만족스럽다는 걸 이야기하는 것은 아니다. 어쩌면 삶의 일부를 부모님에게 반쯤 위탁하고 있는 이 상태에 대해, 성인으로서 어찌 마음이 편할 수 있을까. 가끔, 아니 종종 이런 내가 무슨 글을 쓰고 그림을 그린다고 설치고 있는 건가란 생각에 마음이 요란해지는 순간도 왕왕 찾아온다. 자신의 생활과 살림의 독립을 온전히 이루지 못하고 있는 이로서 느껴야 하는 마음의 부채감이나 자괴감 역시, 결국 내가 감당해야 할 내 몫인 것이다.

그렇지만 자신의 살림을 일구어 나가겠단 의지 자체를 버린 것은 아니다. 오히려 N포니 몇 포니 하며 포기가 당연하다는 듯, 은근히 그것을 권유하는 이런저런 사태를 마주하며 열심히 발악 중이다. 본디 나는 '유교걸'인지라 의리와 도리에 대한 강박은 언제나 마음 깊이 품고 있는 걸(이걸 인정한지는 얼마 되지 않았다). 이것이 무겁다고 포기하고 싶진 않다. 다만 그것을 위한 방식을 조금 바꿨을 뿐. 싫은 삶을 버려 내면서가 아닌, 애정하는 형태의 삶을 일구며 나아가 보고 싶다.

좋아하는 일을 하겠다고 잘 다니던 회사를 관두게 되면서, 철없어 보이는 행보로 사촌 팔촌 온 가족을 충격에 빠뜨린 장본인이지만, 의리와 도리를 다하는 삶을 포기한 것은 아니다. 모두가 이야기하듯 내가 거슬러 가야 할 앞으로의 물길이 험난할지라도, 어디 한번 가보자는 마음으로 힘차게 나아가 보고 싶다. 기왕이면 거꾸로 강을 거슬러 오르는 저 힘찬 연어들처럼!

존재의 불완전함과
이것을 받아들이는 완벽한 방법

모든 중생,
어여삐 여길 수 있는 마음을 좀 주소서.

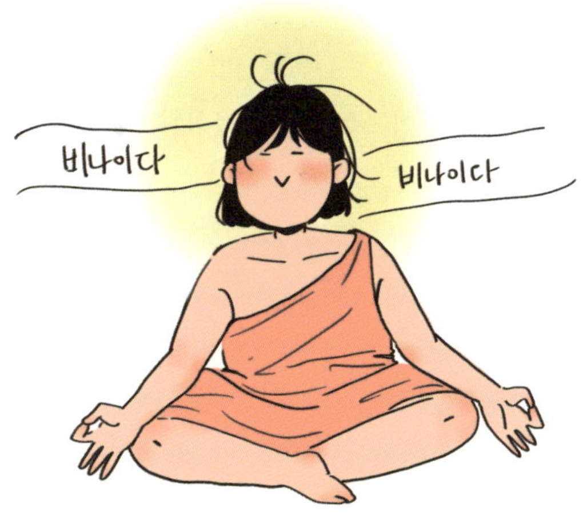

나란 중생..

나는 완벽하지 않아.

누구도 완벽할 수 없지.

나의 완벽하지 않음에 좌절할 필요도 없고

남의 완벽하지 않음에 서운해 하거나

욕할 필요도 없다.

그럼 이제 주문을 외워 보자.

야발라바히기야

야발라바히기야모하이마모하이루라.

일상과 이상 사이

퇴사하고 막 본가에 내려왔을 당시 부모님은 내게 개명을 하면 어떻겠냐는 이야기를 한 적이 있다. 내 이름 석 자에 우울과 번뇌의 수가 많다나. 쩝.

나의 퇴사가 그들에게 그토록 충격적이었나 싶어 역으로 충격적이었다. 내 마음의 부채를 씻고자 그래, 효도하는 차원에서 개명을 할까 생각도 했지만, 아직까지 개명하지 않고 본래의 내 이름 석 자를 쓰고 있다. 처음부터 개명하지 않겠다고 마음먹었던 것은 아니었다. 그저 내가 납득이 될 때까지 충분한 시간을 갖고 싶었을 뿐이었다. 잘 알고 있었으니까. 스스로 제대로 이해하지 못하거나 충분히 납득하지 못한 상태에서 냉큼 행한 일들이 초래하는 결과를. 대부분 큰 후회가 되었고, 후회는 보통 원망이 되기도 했다.

오히려 개명 이슈가 집안에 등장한 이래, 나의 번뇌가 더 늘었다. 정말일까. 정말 부모님 말마따나 이 모든 상황이 내 이름 석 자 때문인가. 아니, 내가 그렇게 우울하고 번뇌가 많은 사람인 건가. 물론 퇴사 후 자의 반 타의 반으로 시작된 이 지방살이에 살짝 우울하긴 했지만, 그래도 내 나름대로 이 심란한 마음을 다부지게 추스르고 있었는데 말이다.

이름. 내가 선택한 것은 아니었지만, 태어난 순간부터 내게 주어진 이 이름에 나름 만족하고 애정하며 살아오고 있었거늘. 사실은 너무 갑작스러웠던 것이다. 이 이름을 내게 붙여 줬던 이들이 오히려 이제는 그 이름을 바꾸고 싶어 하는 상황이 아이러니였다. 이름 자체에는 불만이 없었다. 사실 나의 이런 의지와는 무관하게 꼭 바꿔야만 할 것 같은, 왠지 안 바꾸면 무언가 일이 생길 것만 같은 그 상황이 나를 더 깊은 번뇌에 들게 했다.

어쩌면 반항 심리였던 걸까. 늦바람이 무섭다고 하지 않는가. 사실 그 시점 나는 살며 유례없던 감정의 소용돌이 속을 걷고 있었다. 삼십여 년 동안 표준화된 인생의 길 위에서 말 잘 듣는 딸, 착한 학생, 헌신적인 직원의 삶을 열심히 짊어 왔던 이가 자의긴 했지만, 어쨌거나 백수로 세상에 내던져진 상태이지 않은가. 그간 삶에서 꾸역꾸역 눌러 왔던 억울함, 분노, 그럼에도 부모님 앞에서 티내지 말자는 마음이 뒤섞여 아주 요란한 시기이기도 했다.

다 나 잘되라고 하는 이야기니까. 이름 한 번 바꾸는 거 뭐, 눈 딱 감고 바꿀 만도 했겠지만 중요한 건 아무튼 마음이 그러고 싶지가 않았던 것이다. 퇴사가 큰일이라고 생각하지 않았고, 우울이나 번뇌 역시 꼭 나쁘다고 생각하지 않았다. 만약에 그 모든 것들이 큰일이라 하더라도 이름을 탓할 순 없었다. 그래서 결국 '개명하지 않음'을 선택했다.

퇴사에 이어, 개명에 대한 문제에 있어서도 그렇게 부모님의 의견과는 반대로만 흘러가기 전법을 구사하며, 서른이 넘었음에도 부모님으로부터 말 좀 들으란 소리를 들었다. 그렇게 개명으로 옥신각신하는 사이, 부모님이 작명소에서 큰돈을 지불하고 받아왔다던 새 이름 석 자에 담긴 좋은 기운이란, 주인 한번 제대로 만나 보지 못하고 초저녁에 날아가 버렸을 것이다.

우울의 이유는 사실 이름에 있는 것이 아니었다. 이상이 높은 사람은 우울해지기 쉽다고 하지 않는가. 또 우울이 지성의 산물이자 동시에 체력이 약해진 순간에 찾아오는 것이라고도 하고. 나의 우울은 오히려 그런 이유들이 적합했다.

오히려 내가 우울을 타개할 수 있었던 계기는,

퇴사였다. 그것을 통해 나를 우울하게 만드는 생활을 전복시키고, 나를 우울하게 만드는 반복적인 상황들로부터 벗어날 수 있게 되었다. 그리고 결국 나아졌다. 이토록 단순한 문제였다니.

그래서 삶이 슬퍼진다. 바꿀 수 없는 상황이나, 벗어날 수 없는 환경이 존재하니까. 하지만 다시 일상을 지낸다. 내가 바라는 모습대로 나의 일상을 제대로 지켜내겠노라는 다부진 마음을 쫓으면서.

집안에 개명 이슈가 등장한 이래, 한 가지 바뀐 것이 있다. 부모님이 나를 부르는 이름이 두 개가 된 것이다. 부모님은 나를 본래 이름으로 불렀다가 또 가끔은 개명시키려고 받아 온 이름으로 부르곤 한다. 호칭을 오락가락하고 있는 것이다. 하지만 상관없다. 사랑하는 이들과 자족감 넘치는 시간으로 일상을 채우며, 지금 이 순간과 내 주변에 머물러 왔던 소중한 것들을 다시 부지런히 관찰할 수 있음에 감사할 뿐이다.

일상과 이상 사이 언제나 흔들릴 테지만, 흔들리면 흔들리는 대로 살아가 보는 수밖에 없을 것 같다. 일상에서 부지런히 균형을 찾아가면서 말이다.

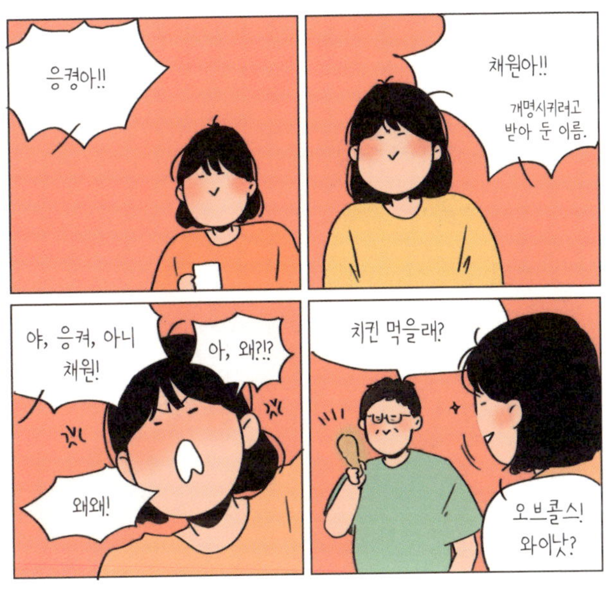

뭐라고 부르든 무슨 상관이겠는가.
나를 불러 준다는 거, 그거면 충분하지.

본투비 아웃사이더

이전 직장에서 한 동료가 내게 붙여 준 별명이 하나 있었다. 바로 '이 구역의 핵인싸'였다. 아마 그녀는 나를 꽤 활발하고 외향적인 인물로 해석하여 칭찬의 의도로 붙여 준 것일 테지만, 그녀의 의도와는 무관하게 나는 그것이 좋게만 느껴지진 않았다. 스스로 의문이 들었다고 할까. 제가요?

직장인이라면 누구나 조직 내 나의 생존을 위해 펼치는 기본적인 처세 또는 자신만의 관계술, 고수하는 캐릭터 등이 있을 것이다. 나 역시 그러했다.

다만 처세나 관계에 적극적이었던 입사 초에 반해, 연차가 쌓이면 쌓일수록 그런 것들에 대해 비관적인 입장을 갖게 되었다. 직장 내 정치, 또는 친목 행위가 하나의 업무 역량으로 통한다는 점은 인정하지만, 그래도 그게 본질은 아니지 않나 라는 생각을 하고 있었으니까. 그래서인지 '직장 생활에는 그것이 전부'라는 입장을 갖고 있는 이들과는 기본적으로 맞지 않았다(피하고 싶었다). 그러나 그런 견해가 조직 내 은근히 통용되고 있는 것이 나의 경험이었다. 그러니 나는 조직과는 맞지 않는 사람이었다.

직장 내에서 내가 갖고 있는 나름의 특수성이 있었다. 업무 메일조차 제대로 쓸 줄 몰랐던 '쌩신입'으로 입사한 첫 회사였다. 그리고 그곳에서 마침 5년을 존버하던 중이었다. 조직 내 이동도 잦고, 조직 간 이동도 잦은 곳이었지만, 오랫동안 나는 변함없이 한자리를 지키고 있었다. 개인의 이유라기보다는 내가 속한 팀의 입지, 즉 업무의 성과가 매출과 직결되는 팀의 특성이 이유가 되었으리라.

　아무튼 변함없이 한자리를 지키고 있었고, 해가 갈수록 조직과의 유대감이나 친밀감이 차곡차곡 쌓여 갔다. 사람이 어딘가에 오래 머물게 되면, 좋든 싫든 그만큼 내부 인지도가 쌓이고 캐주얼한 네트워크가 구축되는 것은 인지상정이 아니겠는가. 조직의 역사나 성향, 이를테면 조직 개편이 매번 어떤 식으로 진행되는지, 누가 새로 왔고 누가 또 떠나가는지와 같은 정보들도 빼곡하게 쌓인다. 그리고 결국 원치 않아도, 아무리 곰 같은 인물이어도, 해당 조직이 대충 어찌 굴러가는지에 대해 빠삭해지기 마련인 듯했다.

　당시에는 회사 사람들과 지방에 있는 가족보다도 훨씬 더 많은 시간을 함께 했다. 더 많은 감정을 들키기도 했고, 더 많은 대화를 나누고 더 많은 식사를 함께 했다. 일로 만난 사이여도 결국은 사람

사이였기에 미운 정 고운 정이 쌓여 갔다. 그렇게 유대감이란 조직 생활을 버텨 내는 힘이 되기도 했지만, 동시에 '일에 대한 성취'라는 알맹이가 부재한 상태에서는 버거운 대상이 되어 갔다. 아무것도 모르는 너를 내가 길러 냈다는 직장 상사의 말에, 지도 편달 감사하다는 아주 의례적인 답으로 맞장구를 칠 뿐이었다. 결국 이러한 반복으로 인해 소울리스가 되어 가는 것은 우리네 삶의 짠한 단편이 아니겠는가.

경력은 '물경력'이 되어 갔고, 인간적인 친밀감만이 내게 남았다. 이런 상황은 결국 연차가 쌓일수록 점점 더 품기 어려운 아이러니가 되었다. 일의 본질은 친목이 아니라고 생각했지만, 정작 자신이 내세울 수 있는 강점은 그런 것들이 되어 갔기 때문에. 그런 점들만이 내가 내세울 수 있는 강점이라는 것이, 그러한 점들만이 나를 평가할 때 유일무이한 강점처럼 언급되는 상황이 무척 씁쓸해졌다.

다 그런 걸까. 이런 게 당연한 건가. 혹시 이런 게 바로 고여 간다는 건 아닐까. 일에 대한 만족과 자신감 부족은 결국 미래에 대한 두려움이 되었다. 어쩌면 연차가 제법 쌓인 이후의 직장 생활은 매 순간이 '고여 있음'이 주는 안정과 그것에 대한 싫음 사이의 투쟁과 같았다. 아이러니한 건, '고여 있음'의 지혜를 이해할 수 있게 되어서야 비로소 미련 없이 사직서를 쓸 수 있게 되었다는 점이다. 아마도 스스로에 대한 인정이자 반성의 결론이었나 보다. '고여 있음' 역시 치열한 인내와 무수한 결정이 수반되는 대견한 순간들의 연속이자, 그 안에서도 개인은 기꺼이 성장과 행복을 찾아 낼 수 있다는, 그 생각에 다다라서야 나는 비로소 진짜 떠나야겠다는 확신이 들었다.

직장 생활에서 내가 닿고 싶던 본질은 사실 그런 것이었다. 일, 나의 일. 내게 성취감을 주는 일. 일을 하며 쌓아 온 시간만큼, 일 자체에 대한 자부심과 사명감을 쌓을 수 있는 일을 원했다. 아마도 이 세상에 홀로 할 수 있는 일(노동)이란 존재하지 않을테지만, 그럼에도 다양한 입장과 의견을 조율하는 업무가 태반이었던 일 대신, 그냥 오롯이 나 혼자서 모든 것을 결정하고 처리할 수 있는 일을 해보고 싶었다.

결국 약 5년이란 시간 동안 온 시간과 에너지, 그리고 애정을 쏟았던 직장에서 퇴사하였다. 그곳을 많이 좋아했다. 그곳에서 만난 많은 관계들 역시 애정했다. 그곳에서 여러 상황과 관계에 대해 배웠다. 그리고 그를 통해 결국 내가 지향하는 관계를 명확히 할 수도 있었다.

퇴사는 '본투비 아웃사이더'에 가까운 나 자신의 모습을 인정하고 나의 욕망에 스스로 솔직해지는 계기가 되었다. 많은 관계를 신경 쓰고, 많은 이들과 소통하는 삶 대신 나와 제일 먼저 소통하고,

나를 먼저 챙기고 나의 마음을 우선순위로 하는 삶을 살아보고 싶은 그 욕망. 내 삶을 침범해도 좋다고 내가 기꺼이 허락한 나의 주변, 딱 그 정도까지만 신경 쓰고 살겠노라는, 어쩌면 선 긋기였을지도 모르겠다.

이런 나를 나 자신에게도, 부모님에게도, 나를 알고 지내왔던 지인들에게도 전과 달리 드러내 놓고 살고 있다. 드러내는 게 나의 몫이라면, 그것을 받아들이는 건 상대의 몫. 사실은 언제나 그랬던 것 같은데 이제야 꾸역꾸역 스스로를 감추던 포장을 벗은 것뿐이지 않을까 싶다.

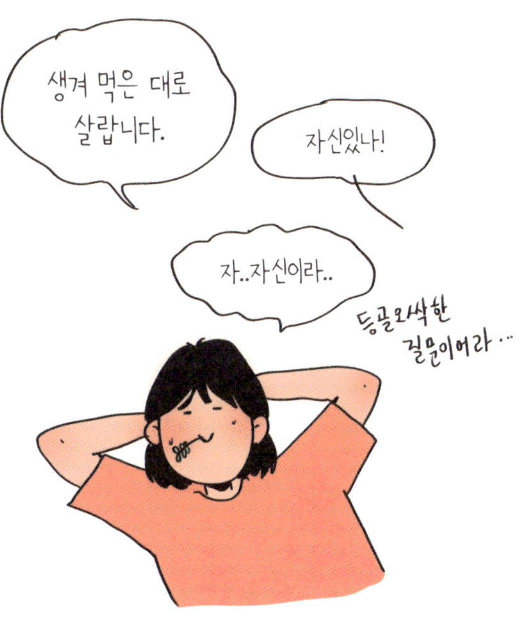

쪼..쫄지 말자.
내 인생 나 말고는 그 누구도 장담 못하니까.

애매한 나이

'서른둘'은 여전히 너무 애매한 나이이다. 어리다기엔 좀 더 평안해졌고, 늙었다기엔 여전히 좀 겸연쩍다. 나는 이 애매한 기운이 서른셋, 넷까지도 계속될 것이라는 느낌이 온다. 아니, 설마 평생을 이러려나 (식은땀).

'나는 누구인가'와 같이 자아를 찾기 위해 올랐던 폭풍의 언덕은 다행스럽게도 이제 막 하산하였다. 내가 이렇게 생겨 먹었음을 알고, 또 그것을 후련하게 인정하고 보니 전에 없던 깊은 평안이 느껴진다. 이런 내게 당도한 새로운 고민이 있다. '그렇다면 앞으로' 이렇게 생긴 나란 존재는 어떤 기준을 가지고 살아갈 것인가. 앞으로 내가 쭉 가지고 가고 싶은 몇 가지의 삶의 태도들.

그림쟁이 생활을 시작한지 어느덧 일 년이 되어 간다. 어디 가서 명함을 내밀기도 어려운 일 년 차 프리랜서, 명예 없는 그림 노동자. 앞으로 존버할 날이 더 많겠지만, 나는 여전히 앞으로에 대한 두려움보다는 회사를 그만 두고 나왔을 때의 그 발가벗겨진 자유로움이 더 선명하다. 분명 내가 감당해야 될 것이 예삿일이 아니리란 불안감이 있었지만, 겪어 보지 않고서야 그 정체를 어찌 헤아리겠는가. 그저 일 년이 지났음에도 내 마음 속 변치 않은 이 무모함에 안도할 뿐이다.

하던 일이 완전히 바뀌면서, 내겐 체질 개선이 필요해졌다. 이를테면 생활의 루틴부터 마음과 생각을 쓰는 방식까지. 당시에는 이제껏 살던 대로 살고 싶지 않다는 마음이 컸기에 지금까지 익숙했던 나의 프레임을 깨는 일부터 절실했다. 열심히는 살았는데, 뭐랄까. 근본적으로 자신에 대한 믿음이 부족했고, 주변 환경의 눈치를 많이 보는 타입이었다. 어쩌면 평범하고 착한 딸, 말 잘 듣는 학생, 헌신적인 직원 등의 프레임이란 누가 강요해서라기보다 그마저도 결국 스스로 짊어지길 선택했던 것이다. 그래서 한동안은 무엇이 그토록 억울했던 것인지 나를 들여다보는 시간이 많아졌다.

원래는 만화를 그리고 싶었다. 그 마음으로 회사를 나왔는데, 이렇게 글도 쓰고 있다. 가끔 도통 내가 무얼 하고자 하는 인간인지 혼란스럽기도 하다. 그저 이 과정들을 통해 명확해지는 것은, 이 모든 과정이 나 자신을 알아가는, 또 스스로를 객관적으로 바라볼 수 있게 되는 과정들 같다는 것. 모쪼록 이야기를 꺼내고 만드는 사람에게 자신을 객

관화할 수 있는 힘은 필요한 것도 같고. 그렇기에 하루하루 더 열심히 읽고 쓰고 그려야겠구나, 그렇게 생각하고 있다.

"넣어 둬~ 넣어 둬."

이 대사는 재미있게 본 〈막돼먹은 영애씨〉라는 드라마에서 기회주의자 유형의 인물이 종종 남발하던 말이다. 대충 상황을 회피하고 싶을 때나 혹은 쓸모없는 무언가를 선심 쓰듯 주는 상황에서 등장했던 대사로 기억한다. 나는 요새 이 대사를 종종 나의 두려움이나 혼란스러움 앞에 내뱉고 있다. 이를테면 '과연 잘하고 있는 걸까?'와 같이, 안 그래도 요란한 머릿속을 어지럽히는 의문이 드는 상황 말이다. 아직 의심은 넣어 둬도 좋다. 나는 아직 이 여정을 두려움에 잠식당하지 않고, 지침 없이 지속하는 일에만 관심 있으니까. '아직'이라는 이 두 글자에 머지않아 잘해 낼 것이라는 믿음 정도는 살포

시 깔아 두고 있다.

　서른둘, 어쩌다 보니 애매한 나이에 애매한 상태가 되었다. 이 애매함이 주는 묘한 기운이 있는데 나는 이것을 마음껏 만끽하는 중이다. 이 애매함을 이용해서 그동안 하고 싶었던 것은 아무거나 다 해 보는 거지. 삽질도 해 보고 그렇게 말이다. 이름 없는 그림쟁이가 삽질한다고 뭐 누가 욕을 하고 돌을 던지겠는가.

　내가 겪을 미래라는 건 아마 지금 내가 하고 있는 행위의 지속을 통해서만 알 수 있을 것이다. 언젠가는 알게 되지 않을까. 아무쪼록 지금 이 순간 맨땅에 헤딩을 반복하고 있는 것 같더라도, 머리가 깨져 뇌진탕이 오면 어쩌지 같은 생각 따위는 일절 하지 않기로 하자. 일상에서 만들 수 있는 작고 작은 성취들과 그를 통한 기쁨들을 늘려 가며, 앞으로 나아가고 있다는 그 감각에 집중해 보기로 하

자. 물론, 그 미비한 감각을 느끼기 위해 아주 찐한

집중을 요할 수도 있다.

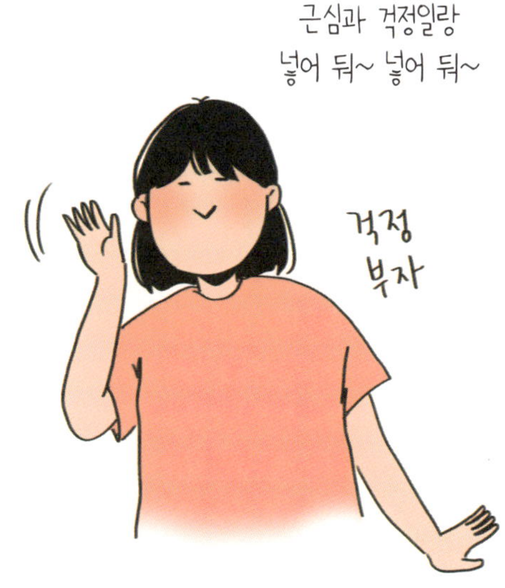

무뎌짐에 대한 두려움과 평안함

'살며 가장 두려운 것이 무엇이었는가?' 묻는다면, 아마도 나는 '싫음에 대해 무뎌져 가는 것'이라고 대답할 수 있을 것 같다. 살다 보니, 또는 살아가기 위해 그렇게 무뎌져 가는 스스로가 가장 두려웠다.

어디에나 있는 권위나 위계, 주류와 비주류, 다수와 소수. 심지어 직장 내 빈번한 상명하복의 문화나, 또는 도대체 무엇을 위해 존재하는지 여전히 이해가 가지 않는 압존법 같은 것들까지. 수많은 기준, 이를 가지고 하는 구분과 분류들 그리고 관습적인 상황의 반복들을 이해하는 과정에서, 종종 많은 것들이 싫어졌다.

다른 의미로 에너지가 넘쳤던 것도 같다. 싫음도 엄청난 에너지가 요구되는 일이었으니까. 그것은 소모적인 일은 아니었다. 그 역시 결국 에너지 표출의 한 방식이었던 것 같다. 사회 초년생이었던 나는 싫은 것이 많아질수록, 한편으로는 두려움이 커져 갔다. 내가 싫어했던 것들을 나 역시 무신경하게 답습하면 어쩌지. 뭐니 뭐니 해도 가장 최악은 내로남불이라고 생각했으니까. 그렇게 스스로의 무뎌짐을 경계하고 싶었을 뿐인데, 때로는 너무 경계를 지키려 대쪽 같았고 때로는 경계를 넘어 자신을 검열하거나 자책하며 스스로를 원망하기도 했다. 결국 마음이 가난해져 가도록 내버려 두었던 것 같다.

이 세상에 당연한 것은 없다. 당연하다는 것들 중 사실 그 어떤 것도 자연스럽지 않다. 그저 그것을 자연스럽게 받아들이려고 부단히도 애를 쓰는 개개인의 과정이 존재할 뿐이겠지. 싫음에 대해 무뎌져 가는 것에 대한 나의 두려움도 어쩌면 과정을 겪고 있느라 생겨난 생채기 같은 것들이었나 보다. 온갖 마음의 고통과 감정의 요란이 쏟아지고 지나간 자리에는 단단해진 굳은살이 생겼다. 그 굳은살이 증명해 주고 있었다. 이 삶의 모순과 한계를 받아들이고 그것을 극복하느라 부단히도 애썼다고. 그리고 제대로 해 왔다고.

이제는 두려움 대신 믿음을 이야기할 수 있을 것 같다. 나를 향한 믿음, 용기를 내어 보자고. 두려움 때문에 마음이 가난해져 가는 것을 결코 내버려 두지 말자고. 마음이 가난해지면, 결국 또 이 모든 것들을 사치로 느끼고 무뎌지길 선택할 수밖에 없으니까. 이 역시 애잔한 우리네 삶일 뿐, 잘못이라 말할 수는 없을 테지만.

아무튼 우리, 용기를 내서 평안으로 성큼성큼
향해 보자.

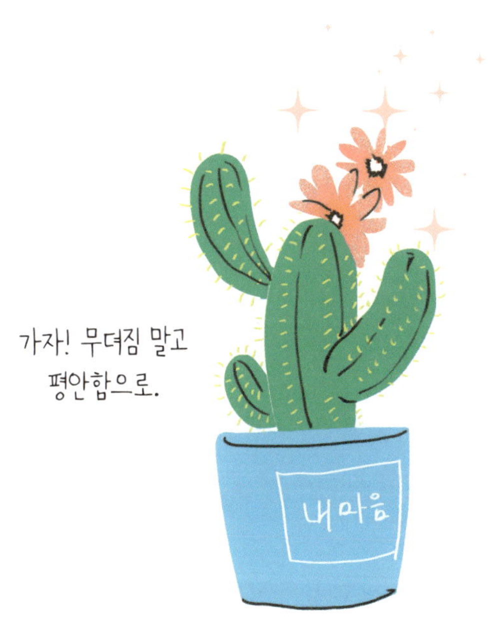

위로가 어려웠던 밤

위로마저 위로되지 않는 밤이 있다. 그런 날에는 무슨 말인들 위로가 되지 않았다. 괜히 더 비참한 기분뿐이었다. 가라앉는 이 기분을 도저히 막을 길이 없었다.

'잘하고 있는 거 나도 잘 아는데.'
'잘할 거 나도 잘 알아.'

동정받고 싶지 않다는 마음에 홀로 허우적거릴 뿐이었다. 어쩌면 그게 내가 할 수 있는 열심이자 최선이었으니까.

어쩌다 이렇게 되었을까. 어쩌다 이렇게 꼬이게 되었을까. 호의를 의심 없이 받아들이지 못하게 된 존재에 대해 서글퍼졌다.

누군가의 위로를 받아들이는 일이, 누군가에게 위로 한마디 건네는 일이 이토록 어려운 일이 되었다니. 적당한 말이 생각나지 않아 그냥 마음을 삼키곤 했다.

하지만 이제는 알 것 같다. 그때 내가 받아들이지 못했던 위로들, 그리고 내가 건네지 못했던 위로들. 위로가 쉽지 않다는 걸 알면서도, 그럼에도 기꺼이 위로를 나누고 싶은 마음도 있다는 걸.

'괜찮아.'
'잘 될 거야.'
'지금도 잘하고 있어.'

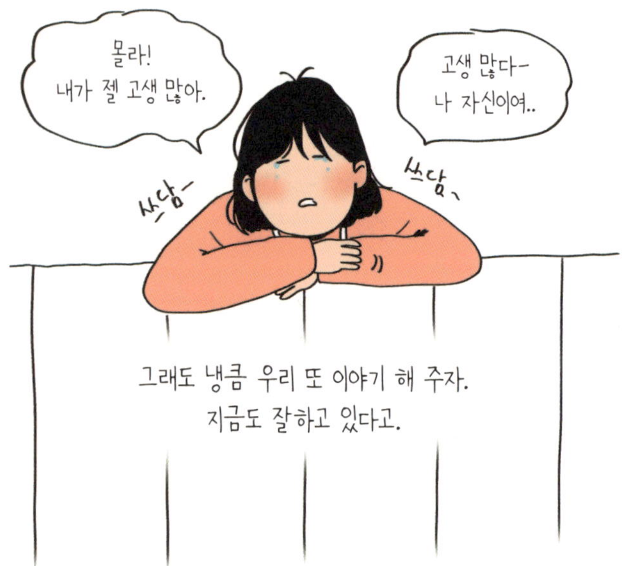

살다가 또 위로가
어려운 밤이 찾아오면,
몰라!
내가 젤 고생 많아.
고생 많다-
나 자신이여..
쓰담-
쓰담-
그래도 냉큼 우리 또 이야기 해 주자.
지금도 잘하고 있다고.

내가 나로서 존재하기 위해

어떤 결핍은 앞으로 나아가게 하는 원동력이 되기도 한다. 궁극적으로 나에게는 그런 갈증이 있었다. '내가 나로서 존재할 자유'에 대한 갈증. 그리고 그 갈증은 해가 갈수록 더 커져 갔다. 나이를 먹을수록, 책임감이 늘어날수록.

나는 누구인지 무엇을 좋아하는지, 그것은 언제나 중요했다. 개인의 성장은 늘 주요 관심사였고, 경제적 자유 역시 중요했다. 그런 의미에서 '일'이 중요했다. 일이야말로 자신의 성장과 동시에 경제적 자유를 이뤄 나갈 수 있는 과정이라고 생각했으니까.

그러나 어느 순간부터는 이 모든 것이 꼭 자신을 마모해 나가는 과정처럼 느껴졌다. 쌓여 가는 시간 속에서 '나로서 존재할 자유'는 선명해지는 것이 아니라 어째서 점점 더 희미해져만 가는지. 부모님도, 상사도, 모두가 나에게 소리치는 것만 같았다. "너 그러면 안 돼!"라고. 어째서 나답게 살고자 하는 마음이 이토록 사치스럽게 느껴져야만 하는 건가. 문득 억울해졌다.

늘 갈증을 느끼던 그 지점에 크나큰 결핍의 구멍이 생긴 삶, 이내 그 구멍은 자기연민, 우울 그리고 불안 등으로 채워졌다. 나다울 자유가 사라져 버린 미래는 두려움의 대상이었지만, 어느새 나조차 그것을 사치 또는 유난스러움으로 치부하고 있던 현재는 서글픔의 대상이 되었다. 월급을 향한 믿음을 지켜보겠노라는 어른다운 다짐을 해 본 적도 있다. 월급을 믿고 이 불안과 두려움, 공허 자체에 대해 조금씩 무뎌지다 보면, 아마도 허황된 바람들을 포기하거나 내려놓거나 타협할 수 있게 될 수도 있지 않을까 기대했다. 하지만 그게 잘 안됐다. '나이고 싶은 나'와 '직장 생활하는 나'를 지혜롭게 양립해 낼 수가 없었다.

결국 월급 말고 나를 믿기 시작하면서, 그로써 나의 결핍은 삶의 의지로 다시 채워지게 되었다.

"내가 그랬으니, 당신도 그래야 해."
"내가 그랬으니, 너도 그럴 거야."

그리고 이제야 한 가지는 이해할 수 있게 되었다. 그토록 싫어했던, 언제나 나를 흔들던 말들에 대해. 꼰대가 되어 가는 사람, 또는 아집으로 가득 찬 사람 모두 '내가 옳다는 믿음'을 공통점으로 하고 있었다. 사는데 나에 대한 믿음 정도는 분명 필요하다. 그런 믿음 하나 없이 이 삶을 지탱해 내기란 무척 어려운 일이 될 테니.

다만, 나는 그런 내가 되고 싶다. 상대와 나의 다름을 받아들이는 아량이 있는 사람, 뭔가를 서둘러 판단하거나 결론 내리지 않으려는 인내심이 있는 사람이 되고 싶다. 그리고 이렇게 말해 줄 것이다.

“나는 그랬지만, 당신은 더 나은 길을 발견할 수도 있겠지.”
“나는 그랬지만, 당신은 다를 수도 있지.”

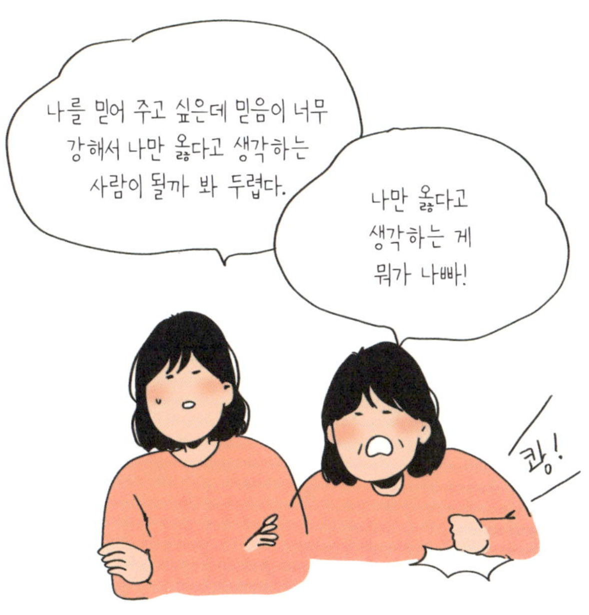

누구에게나 고달픈 인생이 잘못 아닐까.
내가 옳다는 각자의 믿음 정도는 그러려니 해 주자.

취향의 이해

'기무타쿠'를 아는가. '기무타쿠'는 '기무라 타쿠야'를 줄여 부르는 말이다. 팬들의 애칭 정도. 기무라 타쿠야가 누구냐 하면, 1972년 태어난 일본 가수이자 배우인데, 그를 열렬히 좋아하던 시절이 있었다.

문득 나의 지난 학창시절의 열정을 책임져 줬던 그가 생각나 오랜만에 근황을 찾아보았다. 세월은 그에게도 공평했다. 오랜만에 찾아본 그의 사진을 보며 그래도 그의 세월을 응원하고 싶단 생각이 들었다.

고등학교를 다닐 무렵, 일본 문화에 빠져 있었다. 기무타쿠를 시작으로 그가 속해 있던 '스맙(SMAP)'이라는 남자 아이돌 그룹을 좋아하게 되었고, 그들이 소속되어 있던 '자니즈'라는 소속사의 다른 가수들도 알게 되었다. 그런 식으로 일본 연예인들과 대중문화를 알음알음 알아가게 되면서 깊이 빠져 들었다. 좋아하는 가수의 노래를 찾아 듣거나 좋아하는 배우들이 나왔던 드라마, 영화, 예능을 모두 챙겨 보는 식이었다. 그렇게 불시착한 열정과 함께 취향은 이유도 없이 깊어져 갔다.

벌써 약 13~14년 전 이야기로 문화 예술에 관심 좀 있다 싶은 친구들은 알음알음 일본 문화를 즐기고 있었다. 당시 일본 문화는 국내 대중문화가 채워 주지 못했던 많은 부분을 채워 주고 있었다. 패션부터 사고방식, 행동방식, 라이프스타일 등. 아무튼 문화 전반적으로 한국보다는 앞서가고 있는 시대였으니까(이런 게 격세지감인가).

당시 각 반에는 일본 문화를 소비하는 몇몇 친구들이 있었지만 다수는 아니었다. 소수의 개성 강한 친구들끼리 소식을 공유하거나 또는 각자 몰래 즐기는 방식에 가까웠다. 당시에는 일본 문화가 비주류 또는 서브컬처로 인식되었었고, 소수에 대한 이해도가 지금보다 훨씬 부족했던 시대를 관통하며, 소수적 취향을 당당히 드러내기보단 숨기는 편이 더 편한 상황이었으리라. 지금의 덕후들과 달리 당시 덕후들에겐 '일반인 코스프레'라는 게 존재했었는데, 이 역시 그러한 맥락이지 않았을까.

그 와중에 기억에 남는 것이 하나 있다. 나와는 대조적으로 자신의 취향을 당당히 드러내던 친구가 있었다. 자신의 유별남을 드러내지 않는 것이 미덕이라고 생각했던 나와 달리 그 친구는 거리낌이 없었다. 일본식 샤기컷의 헤어스타일과 일본 드라마 속에서 보았던 가방과 신발을 착용하고 학교에 오기도 했다. 일본 문화를 좋아하는 유별난 애로 인식되곤 했지만, 그녀는 별로 개의치 않아 했다. 결국 대학을 다니다가 일본 유학길에 올랐다는 소식을 접했다. 이후로는 연락이 끊겨 지금은 그녀가 어디서 무엇을 하고 사는지는 모른다. 그렇지만 부디 확고한 자기 취향과 세계 속에서 여전히 당당히 살아가고 있길 바라는 마음이다.

문득 '내가 뭘 좋아했었지?'라는 물음을 따라 시간을 돌이켜 보았다. 어쩌면 나의 취향을 잊고 지냈던 것도 같고. 그리고 알게 되었다. 취향의 영역에서 내가 가지고 있던 어떤 편견의 존재에 대해. 내게는 '있어 보이는 것'과 '없어 보이는 것'에 대한 인식과 구분이 있었다. 비주류로 대표되는 일본 문화, 그것을 즐기는 나를 스스로 '없어 보인다'고 생각했다. 다수의 문화가 아닌 소수의 문화를 소비하는 나의 취향을 스스로 '유별난 취향'이라고 정의 내리고 있었다. 그런 생각이었으니 언제나 자신의 취향에 대해서 당당할 수 없었을 것이다.

지금에서야 스스로에게 다시금 물음을 던진다. '있어 보이는 것'과 '없어 보이는 것'의 기준은 무엇인가. 그리고 꼭 그런 기준을 두어야 하는 이유는 무엇인가. 어쩌면 나는 이제서야 여러모로 내 삶이 편견으로 가득 차 있었음을 깨닫고 있다. 그것은 지금까지의 삶을 단단히 지탱해 주기도 했지만 동시에 삶의 입지를 좁히기도 했으리라. 결국 스스로 그것을 깨겠노라 마음먹기 전까지, 삶은 무의식에 가까운 편견에 지배당하고 있었는지도 모르겠다. 이것을 인식하게 되기까지도 참 오랜 시간이 걸렸다.

'편견'하면 떠오르는 일화가 하나 더 있다. 대학교 3학년 무렵 소개팅을 했다. 을지로에 있는 파스타 집에서 상대를 만났고, 마주 앉아 서로를 탐색하기 시작했다. 그리고 이내 나는 그의 호피무늬 폰케이스를 보고 소스라치게 놀라고 말았다. '남자가 호피무늬 폰 케이스라니!'

그 당시 나는 고리타분하고 지루한 시야를 가지

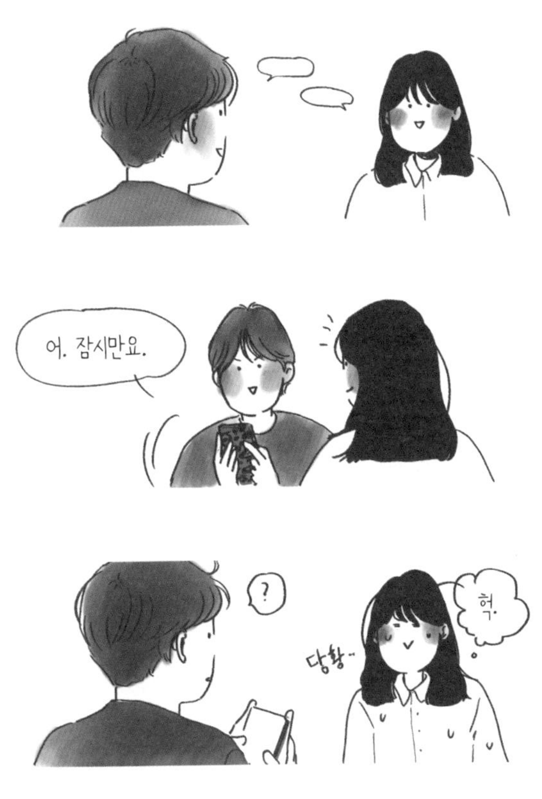

레오파드는 죄가 없다.

고 있었고, 타인의 취향을 이해하지 못했다. 호피무늬 자체도 도발적이었지만, 남성의 호피무늬가 낯설고 어려웠다. 그렇게 나는 어떤 이의 광활한 세계를 탐험할 기회를 놓치고 말았다. 아마 나의 편견으로 날려버린 경험의 기회들이야, 무수히 많을 것이다.

삶이란 자신의 취향을 쌓아 가는 과정과 다름없다. 자신의 우주를 캡틴인 나는 더 깊게, 더 면밀히 탐험해야 했고, 종종 새로운 취향의 발견을 통해 우주가 확장되는 기쁨 역시 기꺼이 누려야 했다. 그러나 사는 게 바쁘다는 핑계로 탐험에 무심했고, 스스로 나의 우주를 방치해 두었다. 취향은 사치와 같았고, 탐험은 두렵고 망설여질 뿐이었다.

그러나 결국 그림 그리는 일을 전업으로 여기는 삶을 선택하게 되었다. 지금껏 나는 무엇이든 튀지 않고 무난하고 평범해야 했다. 나의 선택지는 온통 무난한 것들로 채워져 있었음에도 불구하고, 그 안에서도 가장 무난한 것을 선택해 왔다.

그렇기에 필연적이었을 것이다. 해가 갈수록 내 삶이 확장되어 간다는 느낌보다, 더 비좁아져 간다는 느낌을 갖게 되었던 것은. 취향에 용기를 갖지 못했고, 불안함의 크기만큼 편견에 의존해 왔던 걸지도 모른다. 그리고 이제는 기꺼이 그로부터 자유롭고 싶다. 내가 지녀 왔던 모든 편견과 두려움으로부터. 마음껏 풀어헤치고, 다시 차곡차곡 탐색할 것이다. 불안과 편견으로 지탱했던 삶 대신, 나의 취향들로, 이 삶을 단단히 지탱해 나가고 싶다.

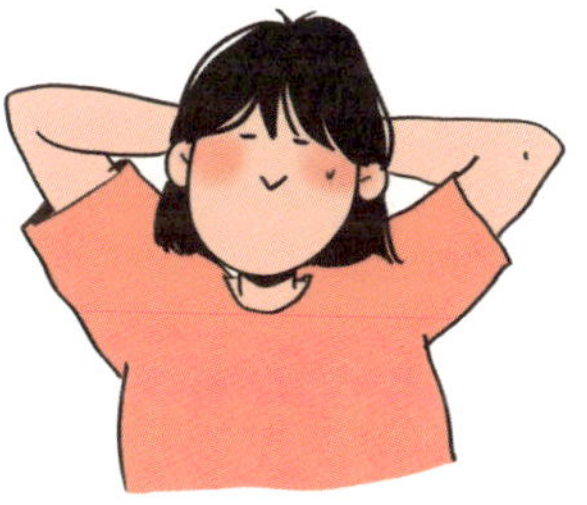

어른이 되어 가는 순간들

어른이 되어 가는 순간을 종종 마주하고 있다. 분노하던 것들에 대해 전과 다른 평안함을 느끼는 순간. 치를 떨도록 싫어했던 것들에 대해 한결 너그러워진 마음을 발견하는 순간이 그랬던 것 같다.

상사가 짠해 보이거나 또는 애증의 연민이 드는 순간, 어떤 이의 허세나 허영이 이해되기 시작하는 순간, 그리고 아빠의 사과 좀 깎아 와 보라는 소리를 이해하게 되었던 순간.

내가 바꿀 수 있는 것과 바꿀 수 없는 것을 분별할 수 있게 되면서, 또는 시간이 지나고 나서야 시선이 닿게 된 맥락을 마주하게 되면서, 이해하고 용서하는 일이 가능해지기도 하는구나 싶었다.

많은 것들을 미워하지 않고 싶다. 이해하고 용서하고 싶다. 그렇지만 동시에 모든 것들에 대해 섣부르게 화해하거나 달관하고 싶진 않다. 할 수 있는 일이라면 그에 대한 용기는 잃지 않고 싶다. 그리고 비로소 이렇게 이야기할 수 있게 된 존재들에게 대견하다고 말해 줄 것이다.

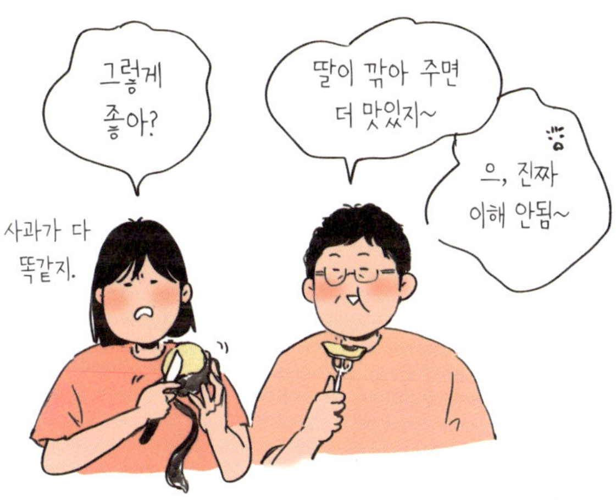

나 쪼큼 어른스럽다고 느껴지는 순간.

버티는 일

'한'이란 기본적으로 먹고사는 문제 앞에서 싫은 것을 버려야 하는 과정에서 발현된다. 버티는 것조차 더 이상 버틸 수 없겠다는 지긋지긋한 마음이 더해지면 완벽한 '한'이 된다.

"싫으면 하지 마."
"싫으면 싫다고 하면 되지."
"절이 싫으면 중이 떠나야 하는 거 아닌가."

살며 한 번쯤은 들어 볼 법한 말일 것이다. 이것

이 'No'을 뱉기 위한 용기를 주려는 말인지, 아니면 불난 집에 부채질하려는 말인지 알 수가 없다. 오히려 쿨하지 못한 내가 뭔가 미안해지는 말이기도 하고.

나는 그런 유형의 사람이었다. 자신의 고달픔을 절대적으로 파악하기보다는 상대적으로 파악하는 데 익숙해져 있던 사람. 그것이 미덕인 줄 알았다. 삼십여 년을 그렇게 여기며 살아온 것 같다.

타인의 고달픔을 헤아리는 것 자체는 문제가 아니다. '그에 비해 나는'이라는 생각의 습관이 아마도 문제였다. 자신의 고달픔을 자신에게조차 별것 아닌 일쯤으로 생각하게 만들었다. 그리고는 홀로 속이 곪았다. 자신의 고달픔에만 집중하지 않는 멋진 어른이고 싶었을 뿐인데, 결국 자신의 고달픔조차 제대로 돌보지 못한 청승맞은 사람이 될 줄은 몰랐다.

결론적으로 절이 싫어 중은 떠났다. 그러나 아주 가끔 생각한다. 미리미리 내 마음을, 고달픔을 부지런히 돌보았더라면, 그랬더라면 절 생활을 적당히 연명해 나가고 있지 않았을까 하고. 이 단언할 수 없는 대안의 삶을 가끔 생각하곤 한다.

'적당한 연명'은 결국 삶의 지혜인 것 같다. 선을 지킬 줄 아는 자만이 행할 수 있는 궁극의 균형 감각 같은 거. 나는 직장을 다니며 그러질 못했다. 홀로 너무 뜨거웠다. 너무 뜨거워서 그 온도를 스스로도 감당해 내지 못했다. 결국 적당한 균형 감각과 고요함을 유지하지 못했던 것 같다.

지금의 삶. 퇴사 후의 삶이라고 해서, 사실 싫음으로부터 완전히 자유로운 삶은 아니다. 여전히 나는 월요일이 싫고, 주말이 좋다. 먹고살기 위해, 다른 형태이지만 응당 노동에 많은 시간을 보내고 있다.

좋아서 하는 일이라는 큰 범위 안에서도 '진정하고 싶은 일'과 그 일을 지속하기 위해 '해야 하니까 하는 일'의 구분이 생겼다. 그리고 보통 후자의 경우가 '하기 싫은 일'이 되는 듯했다. 결국 그랬다. 모든 일에는 좋고 싫은 구석이 생기기 마련이고, 이 위계를 기꺼이 감내하며 살아간다는 것 자체가 참 대단한 일이라고. 마냥 좋은 일이 이 세상에 과연 존재할까. 만약 있다면 아마도 조금 더 가슴이 뛰고, 시간을 온통 쏟아도 아깝지 않은 것뿐이지 않을까.

고작 회사 생활이었지만, 내겐 그토록 한스러울 일이었나 보다. 그리고 이제야 비로소 '한'이란 감정으로부터 자유로운 상태를 느끼고 있다. 내 안에 깊이 응어리져 있던 한으로부터의 해방감을 느끼고 있다. 어느 쪽이든 버티는 과정은 사실 매한가지다. 그러나 역시 '좋아서 버틴다'는 감각과 '싫어도 버틴다'는 감각 사이의 미묘한 온도 차이를 느끼고 있다.

앞으로 버틸 날이 더 많아 보이는 고작 1년 차 프리랜서에게 바라는 게 몇 가지 있다면, 청승 대신 명랑하길. 지난 시간들의 회한에 머물지 않고, 별거 아니란 듯 툭툭 털고 나아가길. 그리고 마지막으로, 언제나 가난한 마음을 채우는 일에 게으름 없이, 온돌처럼 뜨뜻미지근한 온도를 적정 수준으로 유지해 내길. 딱 그 정도면 좋겠다.

아무튼 존버하는
우리 존재 화이팅이어라.

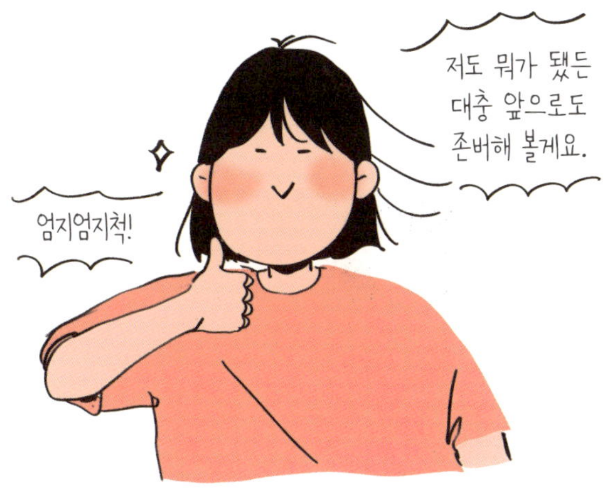

이른 퇴직, 그리고 귀향

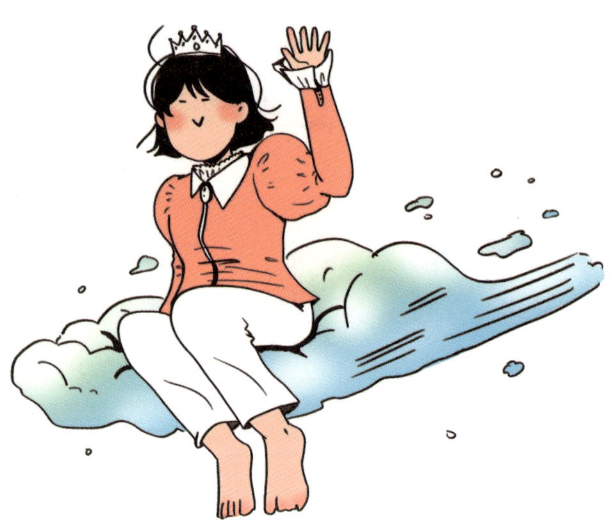

"안녕히 계세요, 여러분~! 저는 이 영겁의 굴레와 속박을 벗어 던지고 제 현생을 찾아 떠납니다~!"

한번쯤 퇴사를 경험해 본 사람이라면 알 것이다. 퇴사러를 위한 유명한 명대사가 아니겠는가. 이보다 더 퇴사 당시의 마음을 한 단어 한 단어 정확하게 표현해 낼 수 있는 문장이 또 어디 있을까.

사실 일 년 전 퇴사를 하고 본가로 내려왔던 그 시점보다, 요즈음 더 제대로 느끼고 있는 것이 하나 있다. 지금의 내 현생이야말로 모든 영겁의 굴레와 속박을 벗어 던진 삶의 전형이라는 것을. 새삼스럽게도 이른 나이의 퇴직과 귀향의 조합이 바로 그러한 것이 아닌가 하고 생각하게 된 것이다. 마치 세상에 신물이 날 대로 나서, 끝끝내 속세를 등지고 고향의 낭만을 찾아 떠나온 바로 그 모습이지 않겠는가.

밝히자면 퇴사와 귀향은 어떤 섣부른 달관이나 포기, 화해 같은 것들의 결론은 아니었다. 오히려 포기하거나 화해할 수 있었다면, 나는 아마도 회사 생활을 지속하길 선택했을 것이다. 포기하지 못했고 화해하지 못했다. 그 결과, 현실을 인정하고 마주하고 해결해야 했다.

퇴사는 하기 싫은 일을 계속 참아 내는 과정에서, 자기연민과 염세주의에 나 자신을 더 이상 담아 두고 싶지 않았던 마음에서 시작된 결심이었다. 동시에 최소한 나만이라도 행복할 수 있는 일을 하며, 그러한 일에 나의 일상과 시간을 헌신하고 싶었던 지극히 개인주의적인 선택의 결과이기도 했다. 뭐가 됐든 일단 내가 행복해야 내 주변도 행복할 것이라는 믿음이 있었다.

귀향의 경우도 서울살이를 더 이상 이어 나갈 명분이 없어짐에 따른 현실적인 선택이었다. 신촌에서 대학생활을 해야 한다거나 판교로 매일 출근을 해야 하는 이유들이 모두 사라져 버리니 하루아침에 서울은 낯선 도시가 되었다. 그림 그리는 일을 꾸려 나감에 있어, 굳이 서울이라는 지역을 기반으로 두어야 하는가에 대한 의문도 들었다. 결국 어떤 명분도 당위성도 없었고, 그래서 그렇게 냉큼 짐을 싸서 고향으로 내려와 버렸다.

무릇, 퇴직이라 하면 그런 이미지가 있었다. 아빠와 큰아빠, 또는 고모나 고모부처럼 자녀 사업을 어느 정도 일궈 낸 뒤에야, 그제야 한평생을 몸 담았던 일선에서 물러나는 명예로운 이미지가 있었다. 그러나 나의 퇴직이란 그들의 그것과는 달랐다. 명예로운 이미지 대신, 무식하면 용감하다는 이미지가 더 적합했다. 엄마의 말을 빌리자면, 불이 뜨거운 줄도 모르고 달려드는 불나방 같은 거였다.

귀향 역시 속세에 큰 욕심이 없는, 또는 물질주

의에 대해 궁극의 달관과 통찰에 다다른 이들이 행하는 선택의 이미지가 있었다. 소풍하듯 사는 삶의 방식인 줄 알았다. 마음만큼은 미니멀리즘을 앞세워 인생을 유랑하듯 살고 싶었지만, 이런 상황에서야 역으로 더 명확히 알게 되었다. 나는 카드기에 카드가 긁히는 그 순간 짜릿한 활력이 돋아나는 사람이라는 것을. 원한다면 언제든 활력 충전이 가능하도록, 만약을 대비하며 저금을 하고 적금을 붓는다. 그렇다. 여행보다는 여생이 더 큰 관심사랄까.

내려오자마자 이곳, 군산이 좋았던 것은 아니었다. 분명 처음에는 모든 것들이 시시하고 지루하게 느껴졌다. 곧장 다시 올라갈 생각도 하고 있었다. 그렇게 새로운 생활 터에 마음을 주지 못하고 이방인의 시선으로 시간을 방황하기도 했다.

하지만 어느새 나는 이곳에서 또다시 작년과 똑같은 계절을 보내고 있다. 이곳의 귀뚜라미 소리가 엄청 우렁차다는 것과 옆 동네에는 무려 스타벅스 DT가 있다는 건 얼마 전에 알았지만. 귀향 후 일 년 정도의 시간이 지나서야 비로소 군산이라는 이 소도시의 이 동네 저 동네를 탐색할 여유가 생긴 것이다. 여전히 누가 군산 맛집 좀 추천해 달라고 하면 사실 자신은 없다. 그렇지만 낯선 것, 의도치 않은 것들에 대해 마음을 나누는 법을 알게 되어서, 이 앎이 나는 제법 기쁘다. 낯선 도시의 풍요와 이색, 그리고 그것들을 발견하는 즐거움. 어쩌면 사람 사는 일을 이제야 알아 가는 중인지도 모르겠다.

현실적인 이유로 어쩔 수 없이 내려왔지만, 이제는 그런 생각을 한다. 이곳에 머물고 싶다고. 이곳에 머물러도 좋을 것 같다고. 종종 부모님한테 이런 생각을 스리슬쩍 꺼내 보곤 하는데 꽤 좋아하시는 눈치. 이사 내려오던 당시에는 1도 없던 그 귀향의 낭만이 이제야 내 마음에 움트고 있는 듯하다.

고향으로 다시 돌아오게 되면서 일상은 더 잔잔해졌지만, 마음에는 더 거센 폭풍우가 몰아쳤었다. 비로소 이제야 고요함을 찾은 듯하다. 이런 게 성장통(서른하나에도 이토록 지독할 수 있다니!)이라면, 지금 내 키는 아마도 작년보다 한 뼘 더 자라 있을 것이다. 저 멀리 꽤 괜찮은 풍경들이 눈에 들어오기 시작한다. 저런 풍경도 존재하고 있었구나. 이 풍경도 꽤 괜찮구나.

이제야 영겁의 굴레와 속박 속에서 미처 발견치 못했던 풍경들이 눈에 들어온다. 나는 이 풍경들을 찬찬히 바라보고 싶다. 조금 더 고요해진 이 시선으로 마주해 나가 보려 한다.

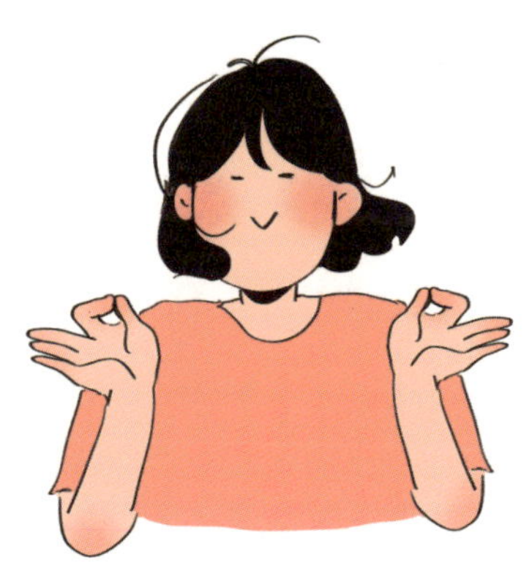

찬찬히 한번 흘러가 보겠노라.

2장

특별하지 않아도
충분히 낭만적인 삶

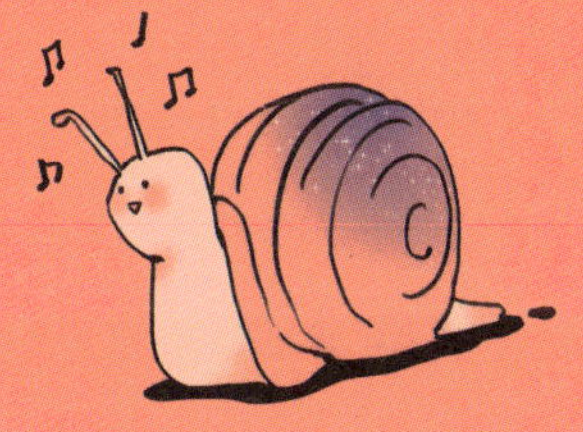

백수와 갓족

퇴사 후 본가로 내려오게 되면서 엄마 은겸 씨, 아빠 근호 씨와 함께하는 일상이 시작되었다. 십여 년을 떨어져 살다가 다시 함께하게 된 가족과의 일상은 매 순간 낯설면서도 신선했다. 그 사이 서로의 생활방식은 너무도 달라져 있었고, 부모님의 얼굴이나 온몸, 특히 목과 손에 새겨져 있는 세월의 흔적은 한없이 낯설게 느껴졌다. 오랜만에 마주한 부모님의 생활밀착형 잔소리가 반가울 정도였다. 끊임없이 잔소리를 하는 부모님을 보며 '아, 그래도 우리 엄마, 아빠는 여전히 체력도 좋네!'라며 안도와

감탄을 했다고(쿨럭). 이 시점 가족과 부대끼며 사는 일상에서 영감을 받아 나의 첫 번째 습작 『백수와 갓족』을 작업하기도 하였다.

사실 내 입으로 이야기하기는 그렇지만, 백수가 된 딸로 인해 부모님이 느꼈을 충격에 대해 설명하고자 나의 '엄친딸'로서의 행보를 이야기하고자 한다. 나는 지방의 고등학교에서 공부 깨나 하는 우등생으로 이름을 날리고(내 입으로), 서울에 있는 대학(어른들은 그냥 이름만 대면 껌뻑 죽는다는 여대)에 입학하였다. 졸업 이후에는 곧장 바늘구멍 뚫기보다 어렵다는 취업을, 그것도 야구단이 있는 IT기업에 입사하면서 엄마, 아빠에게는 자랑스러운 딸의 포지셔닝을 한결같이 유지해 왔다. 타의는 아니었다. 당시에는 그런 믿음이 나를 지탱하고 있었다. 삶의 행복이란, 일련의 표준화된 길에서 매 단계의 그럴싸한 성취로 완성되어 간다는 믿음이 있었던 것이다. 단단한 오만함에 의심의 여지는 없었다. 그로써 부모님을 기쁘게 하는 일 역시 좋았었고.

퇴사 후 엄마 은겸 씨가 내게 들려 주는 대표적인 레퍼토리가 하나 있다.

"최은겸도 이제 별 볼 일 없지~"
"무슨 말이래, 그게."
"예전에는 모임 나가면 자식 자랑하는 맛에 어깨가 하늘 높이 올라갔었는데 말이여. 이제는 조용히 껌뻑 죽어 있는 거지."
"뭐야~ 그만 초월할 때도 된 거 같은데."
"모임 나가도 이젠 재미가 없다. 나가지 말아야겠어."

나로 인해 엄마, 아빠의 인생에 없어도 될, 느끼지 않아도 될 애꿎은 상황이나 감정을 경험하게 한 것은 아닌가 하는 마음의 부채가 없었던 것은 아니다. 하지만 미안함이나 죄책감 대신 감사만 하기로 했다. 엄마, 아빠도 나와 함께 행복한 어른이 되기 위해 용기를 내 줬으니까.

"그래도 재주가 있으니까 잘하겠지."

"원래 무슨 일이든 꾸준히 하다 보면 결국 그 속에서 길이 생기는 거지."

"그래도 하고 싶은 일 하는 삶이 최고지, 안 그러냐?"

"젊을 때 일찍이 자기 일을 만들어 나가는 게, 그래. 그것도 좋을 수 있지."

"행복한 삶을 사는 게 최고지, 인생 별거 없다."

지금은 내가 하는 일에 대해 아낌없는 지지와 응원을 보내주는 은겸 씨와 근호 씨. 그들은 일평생 '안정'을 최고의 가치로 삼으며 살아왔다. 그것을 성취하기 위해 열심히 그리고 치열히도 살아 냈다. 그럼에도 각자의 모순과 한계를 허물고 행복한 어른이 되기 위한 이 여정을 기꺼이 동행해 주는 그들에게 감사하다.

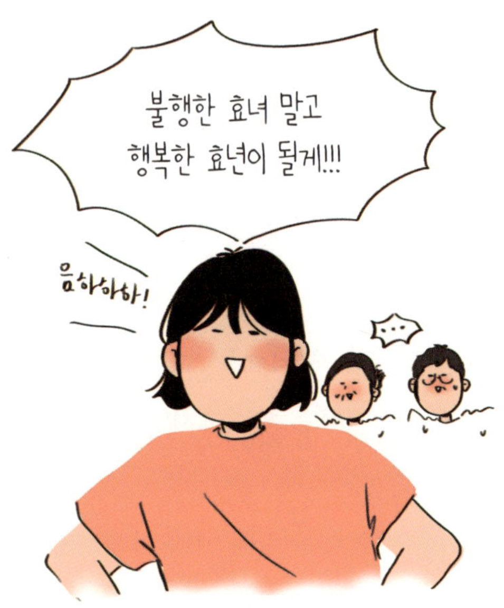
불행한 효녀 말고
행복한 효년이 될게!!!
음하하하!

아파트의 삶

엄마와 EBS에서 하는 프로그램 〈건축탐구 집〉을 보면서 저렇게 풍경 좋은 곳에 터 잡고 집 짓고 살면 정말 좋겠단 이야기를 나눈 적이 있다. 전원생활을 위한 집이었다. 이전에는 사실 저런 삶을 생각해본 적이 없었다. 어디나 차가 있고 인터넷이 된다고는 하지만, 어쩐지 외진 곳에 고립된 듯한 느낌이지 않을까 싶었고, 집 자체도 관리하기 힘들 것 같았다. 돈도 돈이고.

이 나라 이 땅에서 경험할 수 있는 주거 환경을

굳이 이토록 다양하게 경험했어야 했나 싶긴 한데, 서울살이에는 어쩌면 필연적이었던 것 같다. 화장실이 없는 고시원부터 시작해서 화장실이 있는 고시원, 창이 없는 고시원, 창이 있는 고시원, 2인 하숙, 1인 하숙, 학교 기숙사, 옥탑방 생활, 원룸 자취, 남동생과 투룸 자취, 그리고 직장인이 되어 쓰리룸 생활까지. 점묘화의 점을 찍어 나가듯이 그렇게 아주 조금씩 살림살이가 나아져 갔다.

다양한 주거환경을 경험하며, 자연스럽게 내 집에 대한 열망이 커질 수밖에 없었다. 서울에서 내 한 몸 온전히 눕히고 씻기고 먹일 수 있는 곳이 있다는 것 자체로도 감사한 일이겠지만, 더 나은 삶에 대한 욕망이야 자연스러운 것이 아니겠는가. 기왕이면 내가 사는 집에서 전철역이나 버스 정류장, 편의점 등이 가까웠으면 좋겠고, 반대로 술집이나 노래방 같은 유흥 시설은 좀 멀찍이 있었으면 좋겠고, 또 공원이나 쾌적한 분리수거 시설, 주차장 같은 것도 있으면 좋겠고, 깨끗한 주방과 욕조도 있으면 참 좋겠고… 결국 바라는 주거 환경의 모습은 대체적으로 점점 더 아파트의 환경과 비슷해져 갔다.

아파트의 삶이란, 확실히 비할 데 없이 편리하고 쾌적하며 안전하기까지 하다. 아파트 내에 갖춰진 인프라(헬스나 어린이 시설 등)를 보면 놀랍기도 하고. 어쨌거나 후미진 골목을 마음 졸이며 다니지 않아도 되고, 야밤에 고깃집에서 올라오는 고기 냄새를 맡지 않아도 되고, 취객이 고래고래 목청껏 부르는 소찬휘의 '티얼스(Tears)'를 들을 일도 없었다.

그러나 베란다 너머 풍경을 빼곡히 채우는 맞은편 아파트의 다른 집들을 바라보며 그런 생각이 들기도 한다. 비슷한 라이프스타일이 끊임없이 반복되는 공간이 바로 아파트가 아닐까 하고. 비슷한 생각, 관념, 틀, 프레임, 그런 것들의 온상지이자 발상지인 것이다.

여전히 화요일 밤이면 엄마와 함께 EBS 프로그램 <건축탐구 집>을 본다. 티브이 너머 보이는, 한 번쯤 꿈꿔 봤지만 실행해 볼 엄두는 내지 못했던 주거 공간과 사람들의 사는 방식을 보며, 다양한 라이프스타일에 대한 대리 만족을 느끼는 것일지도 모르겠다. 엄마는 저렇게 집을 짓고 전원생활을 하는 게 본인의 오랜 숙원 사업이었다고 한다. 우리 엄마는 무조건 명품 아파트에 살고 싶어하는 사람인 줄 알았는데, 어쩌면 그것도 내 오해였나 보다.

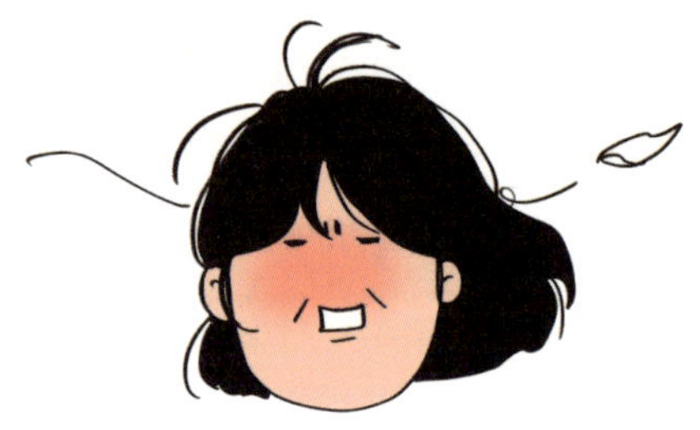

집값 앞에 흔한 표정.

오늘의 날씨

회사를 다니던 시절, 점심밥을 부리나케 먹고 막간의 짬을 이용하여, 꼭 회사 근처를 산책하는 루틴이 있었다. 잠깐이지만 대낮에 회사 밖을 활보할 수 있다는 건 기쁨의 순간이자 동시에 그 순간이야말로 하루 중 유일하게 숨통이 트이는 순간이었을 것이다.

회사 밖으로 나오자마자, 산책 동료와 나누는 첫마디는 보통 그날의 날씨에 관한 것이었다.

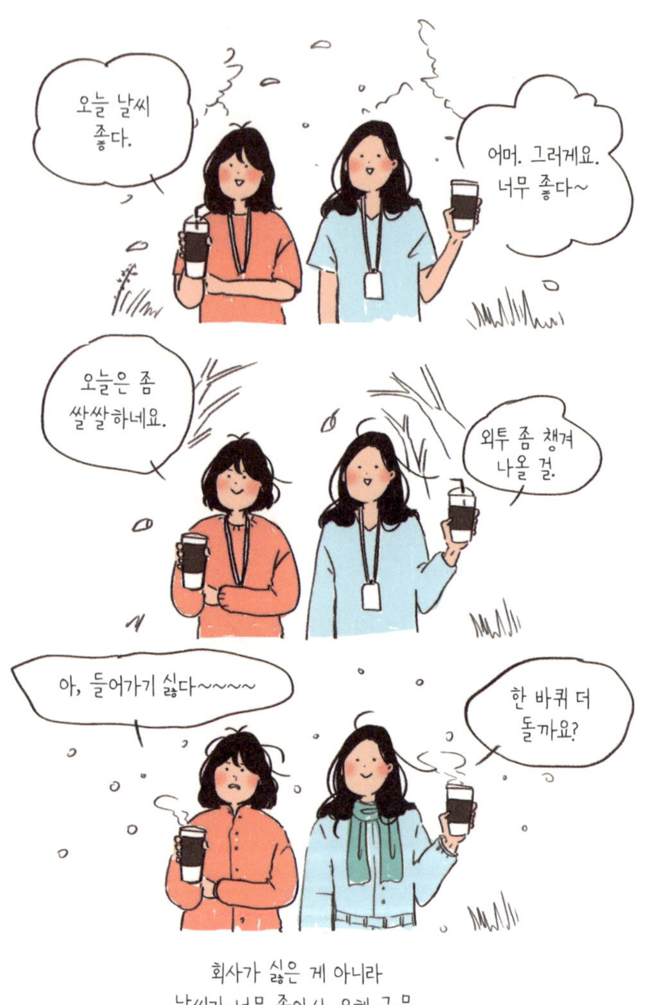

회사가 싫은 게 아니라
날씨가 너무 좋아서. 오해 금물.

“와, 오늘 날씨 좋네요!”
“오늘은 바람이 좀 많이 부네요.”
“으아, 오늘은 춥네요!”

어느 날은 매일 같이 산책을 나서던 동료가, 내게 날씨를 나누는 일에 대한 자신의 생각을 들려준 적이 있다. 날씨를 사람들과 나누는 행위란 뭔가 낭만적이고 감성적인 일이라고 생각돼서, 그래서 그녀는 날씨에 대한 자신의 감상을 사람들과 나누는 것이 쑥스럽게 느껴진다는 것이었다. 아마도 낯간지러움 같은 것이었을까.

‘아니, 고작 오늘의 날씨를 나누는 이야기인 걸요!’

그럴 수도 있겠구나 생각했다. 그녀는 별일 없이 날씨 이야기를 자주 꺼내는 나를 낭만적이고 감성적인 사람으로 바라보고 있었을 수도 있겠구나 싶은 생각이 들었다. 반대로 그 구역 걸 크러쉬 대장 같았던 그녀가, 날씨를 주제로 한 나의 습관성 스몰토크를 이토록 진중하게 받아들이는 모습을 보며 참으로 섬세한 사람이구나 싶었다.

내가 날씨 이야기를 꺼내는 데 별다른 이유는 없었다. 그것은 어쩌면 뇌에서 필터링 없이 몸으로 느끼는 것들을 그 순간 내뱉는 이야기였을 수도 있고, 또 어쩌면 날씨 이야기 말고 하게 될 이야기가 뻔한 상황에서 굳이 하고 싶지 않은 마음이었을 수도 있다. 이를테면 회사에서 있었던 일이나 누구누구의 뒷말 같은 것들. '이렇게 햇살이 좋은 순간에 굳이?' 좋은 햇살의 기운을 애써 망치고 싶지 않은 마음이기도 했다.

5월이 되면서 날이 좋아졌다. 그래서 SNS에 매일매일의 날씨와 풍경에 대한 그림을 그려 올리기 시작했다. 이것은 집 밖을 나서는 순간, 내가 느끼는 오늘의 날씨와 요일의 감각을 느끼며 살아가는 이야기이기도 했다. 날씨를 느끼며 내가 캐치한 일상의 행복을 나누고 싶었다. 그저 그날그날의 볕과 바람, 매일이 다른 하늘의 풍경, 흙과 풀 냄새를 느낄 수 있는 감각 정도라면, 우리는 충분히 행복할 수 있음을 나누고 싶었다. 그런 거였을까. 오늘의 날씨를 나눈다는 게.

날씨를 느끼는 감각, 그리고 그것을 나누는 일. 그렇게 일상에서 채울 수 있는 소소한 활력을 나누고 싶다. 그래서 나는 오늘의 날씨에 대해 이야기하는 것을 여전히 좋아하고 있다.

시간 한 움큼

조금만 천천히 스쳐다오.

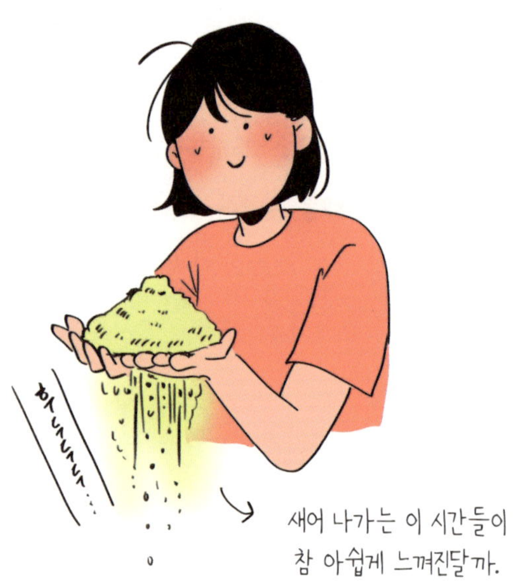

스치듯 흘러가는 시간을

그래도 붙잡을 수 있는 만큼 움큼 쥐어

차곡차곡 쌓아 가는 매일이 되길.

작업실 가는 길

집 근처에 작은 작업실을 얻게 되었다. 26만 원짜리 월세방으로, 내가 좋아하는 것들로 가득 채워진 공간이다. 나는 이곳에서 글을 쓰고 그림을 그린다.

내가 좋아하는 패턴의 커튼을 달고, 카펫을 깔 았다. 그리고 아카시아 나무 패턴의 상판이 있는 책 상과 책장들을 들여놓았다. 현재 책장에는 무지개 색으로 책들을 정리해 놓았는데, 볼 때마다 그냥 괜 히 뿌듯하다.

내가 좋아하는 조명들(공간에서 조명이 중요하다는 나름의 공간 철학이 있다)을 배치해 두고, 녹색 식물들도 들여 놨다. 보스턴고사리, 아레카야자, 스파티필름, 총 세 가지 식물인데 잘 키워보겠노라는 다짐에 비해 어쩐지 이곳에 오자마자 아이들이 시들시들해져 나의 근심도 커지고 있는 중이다.

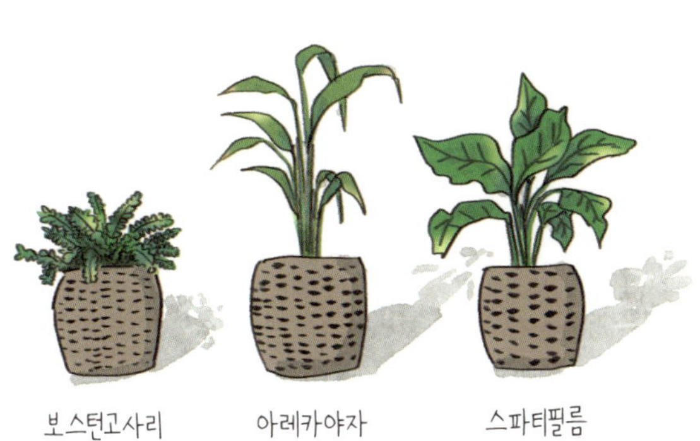

작업실 세 친구.

보스턴고사리　　　아레카야자　　　스파티필름

늦은 아침이 되어 엄마, 아빠와 오늘도 잘 지내보자는 식의 인사를 하고 집에서 나와 작업실로 향한다. 평균 15분 정도가 소요되는 거리인데, 빠른 걸음으로 주파하면 5분 안에도 다닐 수 있고, 천천히 걸으면 30분도 더 걸린다. 매일 이 길을 걷는다.

논두렁이 양쪽으로 펼쳐진 길은 시시때때로 그 풍경이 달라지곤 하는데 분명 짙은 연녹색을 띠던 논이 5월 말 정도가 되니 물웅덩이가 되어 버렸고, 좀 더 시간이 지나니 정갈히 다시 모내기한 자리가 보였다. 그리고 또 시간이 지나면, 이 모내기한 자리에 초록의 풀들이 고개를 들기 시작한다. 그러면 자연스레 다시금 논이 연녹색이 되어 갈 것이라는 기대로 마음이 들뜬다. 그렇게 매일 똑같은 길을 걸으며, 하루하루 나는 이 풍경의 경이로운 변화를 관찰하는 취미가 생겼다.

물론 작업실 가는 길에는 논밭만 펼쳐져 있는

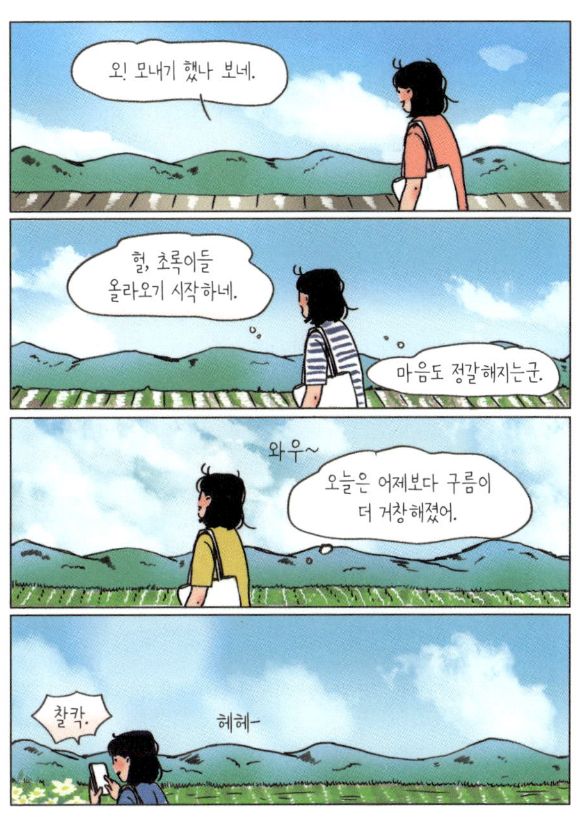

내일은 과연 또 어떤 풍경을 발견할 수 있을까.

것은 아니었다. 조금 돌아가는 길목엔 스타벅스와 서브웨이도 있었고 맥도날드도 있었다. 그렇게 대충 있을 건 다 있었다. 그래서 가끔은 카페에 들러 텀블러에 아이스 아메리카노를 담아 나오기도 했다(말 안 하면 텀블러 할인을 안 해줘서 가끔 괘씸하다고 여기면서도, 이런 생각을 하는 내가 너무 쪼잔한 건가 싶게 만드는 카페가 하나 있다).

또 가끔은 고봉민 씨가 하는 김밥 집에 들러 매운 김밥이나 돈가스 김밥을 사서 나오기도 했고(꼭 이 두 가지 중에 하나를 먹게 된다. 다양한 메뉴를 시도하지 않는 편. 점점 더 익숙한 게 좋은 것 같다), 또 어떤 날은 괜히 편의점에 들어가 이것저것 구경을 하다가 안 사도 될 과자 하나를 집어 들고 나오기도 했다.

매일 같은 길에서도 저마다의 즐거움이 생겼다. 과연 이 즐거움이 누구나 행복을 느낄 만한 것인지, 귀향 일 년 만에 생긴 나만의 공간에 대한 기쁨

인지 모르겠다. 아무쪼록 그 이유가 뭐가 중요할까. 내가 기쁘다는 게 제일 중요하지.

고작 월세 26만 원짜리 공간이지만, 하고 싶은 일에 마음껏 몰입할 수 있도록 해 주는 이 공간이, 오히려 이마저도 사치스러운 게 아닐까 느껴질 정도로 기쁠 뿐이다. 그렇게 감사와 행복을 품은 채, 매일 작업실로 향하는 길을 나서고 있다. 내일은 과연 이 길 위에서 또 어떤 풍경을 발견할 수 있을까 하는 기대를 품으면서.

해가 긴 계절

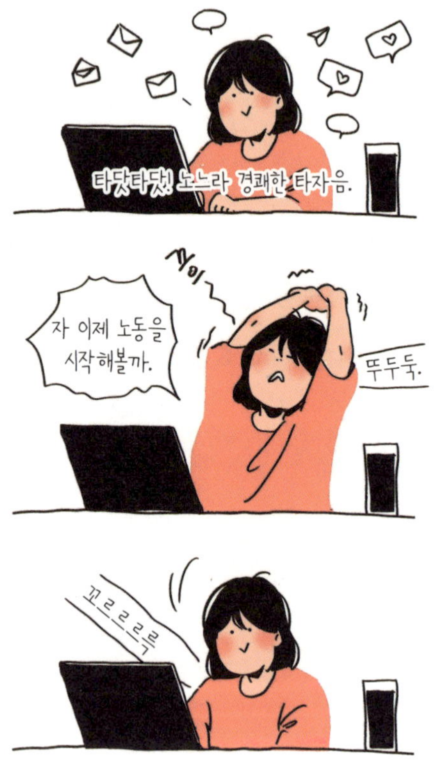

다 먹고 살자고 하는 일 아니겠습니까.
일단 밥 먼저 챙겨 먹읍시다.

나는 해가 긴 계절을 좋아한다. 이 계절의 쨍한 볕과 싱그러운 녹음이 좋다.

해가 긴 계절에는 오후 4시쯤이 되면 작업실로 눈부신 볕이 꽉 들어 차서 좋다. 오후 7시가 넘어도 날이 밝아 괜히 하루를 훨씬 길게 쓰는 기분이 드는 것도 좋다.

해가 긴 계절은 볕만으로도 이렇게 마음이 뽀송뽀송해지니까, 그래서 난 이 계절이 좋다.

엄마와 요리

부산을 떨며 저녁을 준비하는 엄마를 바라보고 있는데, 갑자기 엄마의 탄성이 들린다.

"아이고!"
"왜? 무슨 일이야?!"
"쌈장을 깜빡했네!"
"아, 뭐야. 놀랐잖아."

오늘의 저녁 메뉴는 삼겹살이다. 장담컨대 집에서 삼겹살 굽는 일만큼 수고로운 일은 없다. 그럼에

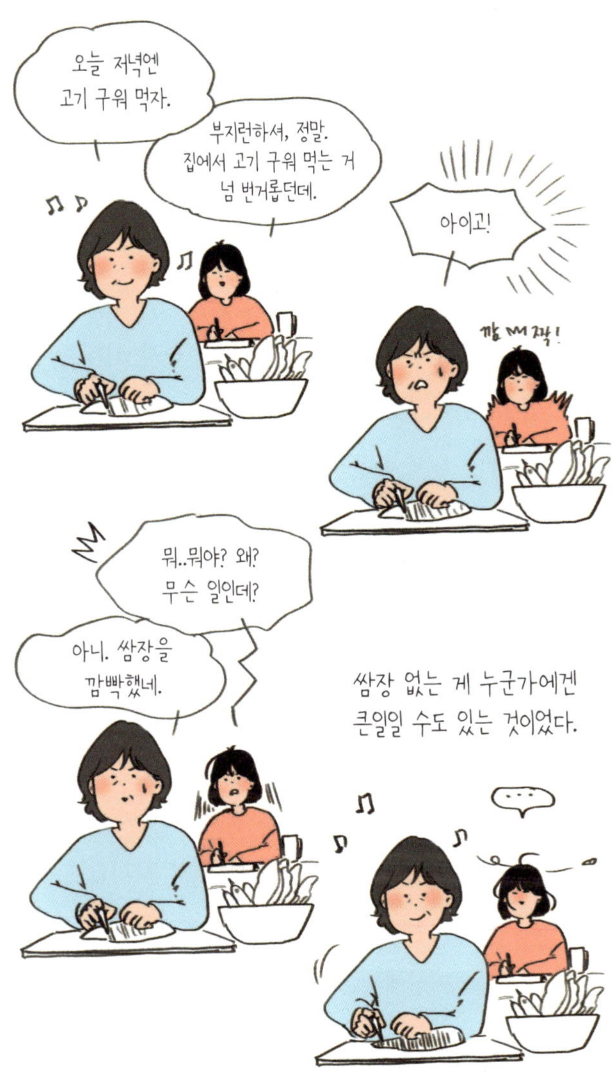

오늘 저녁엔 고기 구워 먹자.
부지런하셔, 정말. 집에서 고기 구워 먹는 거 넘 번거롭던데.
아이고!
깜 짝!
뭐..뭐야? 왜? 무슨 일인데?
아니. 쌈장을 깜빡했네.
쌈장 없는 게 누군가에겐 큰일일 수도 있는 것이었다.
...

도 그녀는 이 번거로운 일을 마다하지 않는다. 나라면 집에서 절대 고기를 굽지 않겠다. 차라리 나가서 사 먹고 말지.

　사실 그렇다. 요리하는 것을 좋아하는 편은 아니다. 요리가 좋을 때는, 내가 먹는 순간 외에는 없었던 것 같다. 꽤 복잡한 일이었다. 여러 가지 감정과 생각이 들게 하는 행위였으니까. 밝히자면 요리를 못하는 편이다. 더 정확히 밝히자면 '무심함' 내지는 '묘한 반감'이었다.

　요리에 대한 나의 이런 감각을 인지하게 된 계기는, SNS를 통해 한 독자분에게 받은 질문 때문이었다. "어디 가서 자신 있게 해 줄 수 있는 요리가 무엇인가요?" 이 질문 앞에서 말문이 턱 막히고 말았다. 그제야 이 나이 먹도록 자신 있게 할 줄 아는 요리가 없는 자신에 대해 문제의식 또는 위기의식을 느꼈달까!

‘왜 일까. 왜 나는 이 나이 먹도록 할 줄 아는 요리가 없는 사람이 되었는가?’

그리고 샤워를 하다가 불현듯 생각이 정리가 되더라. 요리에 대한 나의 무심함과 반감의 정체에 대해서 말이다. 내게 요리하는 행위는 긍정적 이미지보다는 부정적 이미지에 가까웠다. 그 이유는, 다양한 경험이 조합된 결과였다고 (이제는) 말할 수 있다. 이를테면 다소 가부장적이던 집안의 문화, 대학 시절 필수 교양이었던 여성학 수업의 영향, 그리고 그것들을 성급하지 않게, 현명하게 받아들이기엔 피가 뜨거웠던 어린 시절의 나. 경험과 교육, 거기에 나의 성향이 맞물린 결과였던 것이다.

요리라는 것이 건강한 내 몸을 위한 기본 행위이자 또는 사랑하는 사람을 위한 마음의 표현이란 관점을 먼저 품었으면 좋았겠다. 하지만 나는 그 이전에 여성이라면 응당 해야 할 무언가라는 편향된 인식을 먼저 갖고 있었다. 그것이 내가 긴 시간, 요리에 강한 반감을 갖고 요리하지 않는 행위를 선택해 온 계기가 되었던 것이다. 결과적으로 나는 10여 년 자취를 했지만, 요리에 대해서는 일자무식이 되었다. 싫어함에 매몰되어 바보같이 군 건 아닐까 하고 후회와 반성을 하고 있다.

이제야 엄마의 요리하는 행위를 여성의 희생이나 도리, 여성만의 전유물이 아닌 그저 나에게 없는 가족을 사랑하는 마음, 사랑하는 사람에게 한 끼 잘 대접하고 싶은 따뜻함 또는 자신의 존재 가치를 증명하려는 마음이었을 수도 있겠단 생각을 해 보고 있다. 그러고 보면 엄마는 본인이 이 시대의 장금이라며, 요리에 대한 자부심이 강한 편이었다. 아마도 본인의 딸은 요리에 관심과 재능이 없다는 걸 인정하게 되면서 그 생각을 더욱 확고히 하는 것 같기도 하다. '여성이 해야 될 도리'가 아니라 '남녀노소 관심이 있고 잘하는 사람이 하면 될 일' 또는 '잘

하는 사람이 따로 있기도 한데, 바로 엄마 자신이 유난히 잘하는 일’이기도 함을 알게 된 것도 같다.

지금의 애인을 좋아하게 된 결정적 이유도, 사실은 그의 요리였다. 고기를 구워준다길래 대충 프라이팬에 굽겠지 생각했는데, 올리브유와 후추로 고기를 한참 재우고 난 뒤 굽는 것이 아닌가. 이렇게 맛있게 재워 두기 위해 향미를 낸 액체를 영어로 ‘마리네이드(marinade)’라고 한다는 건 그를 통해서 알게 된 것이었다.

그렇다. 그게 좋았다. 내겐 부족한 남을 챙길 줄 아는 마음, 그런 다정함과 섬세함 같은 것들. 요리란 그런 것이었나 보다. 정성과 진심을 담아, 마음을 대접하는 일이었다. 이제야 나는 요리에 관심이 생기게 되었다.

그때 그 노래

작업을 하면서 종종 노동요를 듣곤 했다. 스트리밍 사이트의 음악을 무작위로 플레이하거나 실시간 인기차트를 재생했다. 가끔은 추천에 뜨는 플레이 리스트를 재생하기도 했다. 그러다 운이 좋은 날에는 예전에 한창 즐겨듣던 노래가 흘러나왔다. 오랜만에 만나는 노래. 그 순간 '이젠 낯설어진 익숙함'의 전율이 온몸에 쫙 퍼졌다.

어느 날은 블루투스 스피커에서 2008년도에 발매되었던 Keane의 'Spiralling'이란 노래가 흘러나왔다. 노래의 출시 년도까지 기억하고 있을 정도로 내겐 의미 있는 노래였는데, 2008년은 대학생활을 시작하기 위해 갓 서울로 상경한 해였다. 그래서 2008(이공공팔)은 여간해선 잊혀지지 않는 숫자였다.

'Spiralling'은 귀를 때리는 강렬한 사운드가 가득한 록 음악이다. 작업하면서 듣기에는 어쩐지 시끄러웠다. 하지만 잊고 있던 기억을 소환시키고 있었다. 익숙하지 않아도 새롭기에 맹렬히 그것들을 쫓던 그때 그 취향과 안목. 훨씬 도전적이고 자유로웠던 마음.

'내가 이런 노래도 들었었네.'

갑자기 흥이 나서, 어느새 작업은 뒷전이 되었다. 그 시절 내가 좋아했던 노래들을 하나씩 찾기 시작했다. 한 노래를 듣다 보니 줄줄이 다른 노래들도 따라 생각이 났고, 그렇게 그때의 취향과 추억들을 다시 쫓고 있었다.

서울에 갓 상경했던 2008년, 내겐 광화문과 을지로 일대에 대한 설렘이 있었다. 울창한 도시 숲이야 말로 지금 내가 바로 그 서울 중심부에 와 있음을 온몸으로 느낄 수 있게 해 줬으니까. 그래서 종종 수업이 없거나 일찍 끝나는 날이면 할 일 없이 광화문에 갔고, 괜히 교보문고에 들락날락하곤 했다. 당시 광화문 교보문고에는 지금보다 더 크게 음반매장이 자리 잡고 있었다. 그렇게 무작정 들어가서는 앨범 아트가 예쁜 음반이나, 갓 출시된 신보를 집어 들었다. 시디플레이어도 없었으면서 나는 그렇게 하나둘 시디들을 사 모으기 시작했다.

나는 남들이 잘 모를만한 노래를 찾아 듣는 걸 좋아했다. 아무런 목적과 의미 없이도 노래를 찾아 듣는 일에 열정적이었고, 이유 없이 시디를 사 모았

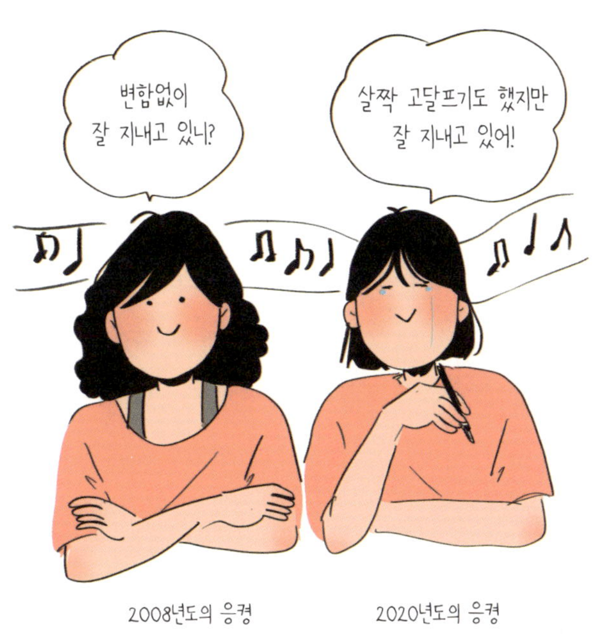

그립긴 하지만 돌아가고 싶진 않다.
지금은 먹고 싶은 건 맘대로 사 먹을 수 있으니까..

다. 목적도, 의미도, 이유도 없이 그렇게 마음을 따를 수 있었음이 지금에서는 꽤 그립긴 하다. 그러기엔 이제는 두려움이 너무 많아진 것 같아서. 무슨 일이든 명분과 효율을 따지는 습관도 생겼다.

Keane의 'Spiralling'을 들으며, 이 노래 가사를 보고 두근거렸을 갓 상경한 스무 살의 마음이 떠올랐다. 뭔가 내 인생 내 마음대로 펼쳐 보겠노라던 기대감에 마음껏 두근거렸던 마음이 떠올라서 조금 황홀해지기도 했다. 그때 그 마음이나 풍경, 장소, 계절, 시간, 사람. 그런 것들이 노래 하나에 다시 피어났다.

다시는 돌아갈 수 없다는 기분이란 참 애틋하기도 하고 아쉽기도 하구나. 언젠가 시간이 더 흐른 뒤 돌아본 지금도 마찬가지겠지. 그리워하더라도 후회는 없었으면 좋겠다.

엄마의 일기장

우연히 엄마의 일기를 본 적이 있다. 무언가를 찾다가 책상 위에 놓인 검은 수첩을 펼쳤는데, 그 안에는 휘갈긴 글씨와 함께 엄마의 응어리진 감정들이 담겨져 있었다. 한참을 그 수첩을 붙들고 홀로 배가 아프도록 웃다가 동시에 꺼이꺼이 울었던 것 같다.

나는 그때 처음으로 '웃프다'는 게 이런 것이구나 느꼈던 것 같다. 여기저기 아프지 않은 곳이 없다는 중년의 서러움, 딸과 아들이 없는 집에서의 외로움, 남편의 불통에 대한 서운함, 시댁에 대한 흔한 분노와 원망 같은 것들. 스케줄을 관리하라고 만들어진 수첩이었던 것 같은데 적어 놓은 스케줄은 없고, 대신 장보기 목록이나 오늘 먹은 약이 무엇인지에 대한 기록들이 있었다. 여기저기 두서없이 무언가를 토해 내고 있는 글들만이 있던, 총체적으로 이상하게 활용되고 있는 수첩이었다.

대학을 가게 되면서 서울살이를 시작하게 되었다. 회사를 그만두기 전까지 약 10여 년을 가족과 떨어져 지냈다. 남동생도 내가 서울에 가고 몇 해 뒤, 서울로 대학을 가게 되면서 집을 떠났다. 고로 엄마와 아빠만이 그 집에 남겨지게 되었다.

내가 대학에 입학하던 2008년도에 때마침 집에는 한 가지 큰 이슈가 있었다. 불어닥친 글로벌 경제 위기와 맞물려 아빠가 명예퇴직을 하게 되신 것이었다. 그럼에도 부모님은 두 자녀의 서울살이 뒷바라지에 여념이 없었다. 한 명도 아니고 둘씩이나 서

울에 가 있었다. 그리고 나는 한참의 시간이 지나서
야 당시 그들의 삶이 얼마나 고되고 치열했을지 짐
작할 뿐이었다. 지금에서야 후회하는 것이 있다면,
퇴직하던 아빠의 명예를 기념해주지 못했던 것. 자
의든 타의든 그 시점, 아빠가 맞이했던 긴 노동으로
부터의 해방과 그간의 노고를 헤아리지 못했던 점
이 늘 마음 한구석에 후회로 남게 되었다. 결국 노
동의 고됨을 몸소 겪어보고 나서야, 그제야 아빠의
노동을 너무도 당연하게 생각했음을 알게 되었다.

돌이켜 보면, 지난 10여 년의 세월은 가족이 서
로에게 무심해지기에 충분한 시간이었다. 다정하
고 살뜰하기보다는 무심하고 무뚝뚝했다. 서로를
돌볼 여유가 많지 않았고 서로의 일상에 관심을 두
지 못했다. 그 과정에서 '산다는 게 다 그런 거지'라
며 서로에게 무심해져 가는 상황을 당연하게 생각
했을지도 모른다. 가족이 나를 힘들게 하는 대상이
라면 끊어 내는 것도 맞지만, 나는 그런 케이스는

아니었다. 그저 나는 이곳의 나의 생활이 중요했고, 부모님 역시 그곳의 그들의 삶이 치열했다. 결국 물리적인 거리감이 마음의 거리감이 되면서 관계가 서먹해졌다.

퇴사 후 고향으로 돌아오게 되면서 부모님과 다시 같이 지내게 되었다. 정확히는 부모님이 지내는 본가의 방 한 칸을 내가 차지하게 된 것이다. 그간의 나 홀로 살던 살림이 제법 많기에 방 한 칸은 사실 무척 비좁다. 결국 거실로, 주방 식탁으로, 그렇게 그들의 생활 영역으로 슬금슬금 침투 중이다.

우연히 보게 된 엄마의 일기장을 통해, 가족에게 있던 지난 10여 년의 공백과 거리감이 내게만 아쉬웠던 것은 아니었구나 알게 된 것 같다. 사실은 당연한 듯 살아가지만 누구에게도 당연할 수 없는 일들이었다. 조금은 슬픈 일이기도 했고, 어떤 결핍이 되기도 하는 일들은 아니었을까.

종이에 휘갈긴 글씨 너머 엄마의 성내는 모습을 상상했다. 미주알고주알 적어 놓은 내용들에 배꼽을 잡고 웃으면서도 은겸 씨 혼자 답답했겠구나 싶어 미안해졌다. 자주 전화해서 안부도 묻고 했어야 했는데, 그간 나 사느라 바빠 무심하고 무뚝뚝한 딸이었다(지금도 그렇게 살갑지는 못하지만).

마지막으로 내가 엄마의 일기에서 가장 인상 깊었던, 자지러지게 웃으면서 동시에 펑펑 울었던 대목 중 하나를 남겨 본다.

‘안 그래도 고혈압 약 먹고 있는데 저 인간들 때문에 혈압이 더 오른다.’

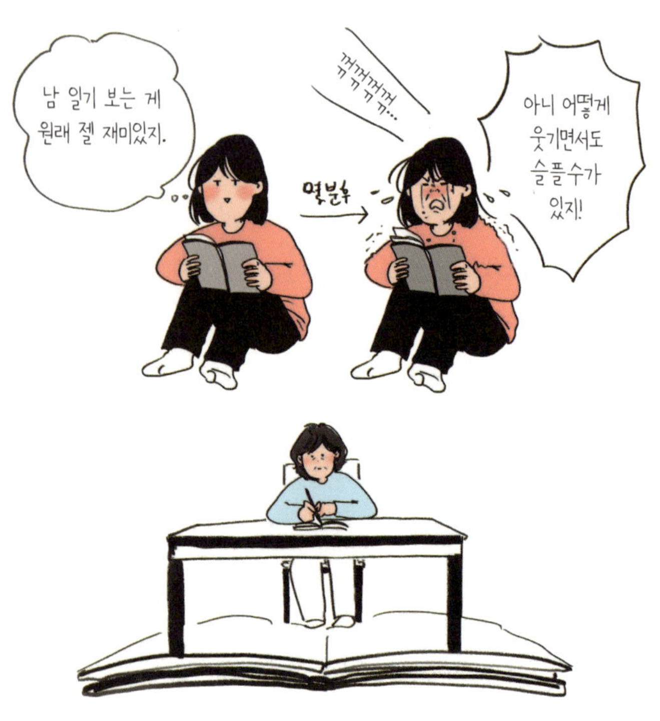

웃기면서도 슬프다니, 대단한 재주가 아닌가!
더 열심히 일기를 쓰시라고 몰스킨 노트를 사다드렸는데
정작 안 쓰는 듯해..

아빠와 딸

“어디냐?”

“나, 작업실.”

“저녁 먹어야지?”

“아, 나 밥 생각 없어.”

“그려?”

“응, 안 먹을래. 엄마, 아빠 두 분이서 드셔요.”

“그려, 알겠어! 끊어.”

이 시대의 아빠와 딸의 관계란 본디 서먹할 수 밖에 없다. 아빠는 남성 가부장제 안에서 가장의 책임을 다하며 열심히 살아 냈을 뿐이고, 딸은 그 가부장제의 '가'란 소리만 들어도 치를 떨기 일쑤였으니까. 딸은 엄마처럼 살아 낼 자신도, 엄마처럼 살고 싶은 마음도 없다는 생각을 한 적이 있다.

모든 일이 그러하듯 사실 모순이 가득했다. 아빠가 여태껏 가장으로서의 역할과 책임을 짊어진 덕을 고스란히 내가 보며 살아가고 있는데 말이다. 고마우면서 참으로 혼란스러운 관계였다.

나는 살갑지를 못하다. 나의 모순을 마주하고 추리는 일만으로도 쉽지 않다. 사실 아빠를 이해하는 일이란, 자연스러운 게 아니라 자연스럽게 될 때까지 노력이 필요한 일인 듯하다.

이런저런 가치관의 차이, 생활방식의 차이 등으로 부딪칠 일투성이지만 그로써 서로를 알아갈 일도 많아졌다. 아빠와 딸 사이의 미묘한 서먹함은 그렇게 조금씩 열어져 가는 중일지도 모르겠다. 사실은 이렇게 서로를 이해하겠다고 부딪치는 과정이 존재할 수 있음에 감사하다. 부딪칠 의지나 기회조차 없었더라면, 분명 무척 슬픈 일이 되었을 것이다.

그러고 보면 나는 여전히 아빠에 대해서 아는 게 별로 없는지도 모르겠다. 아는 거라고 해도 야식을 좋아한다는 점과 머리만 대면 코까지 골며 잘 주무신다는 점. 굳이 내가 깎아 주는 과일을 좋아한다는 점. 그리고 본인 평생을 가장으로서의 책임을 짊어져 온, 가정적이고 책임감이 많은 사람이라는 점 정도.

"배고프지 않냐? 야식 하나 시켜 줄까?"
"아, 맨날 야식이야. 뭐 먹게?"

여전히 살가운 말 한마디 못하는 딸이지만, 그래도 아빠가 야식을 드시고 싶어 할 때면 같이 먹어 줄 수 있는 딸이 되어야겠단 생각을 하고 있다.

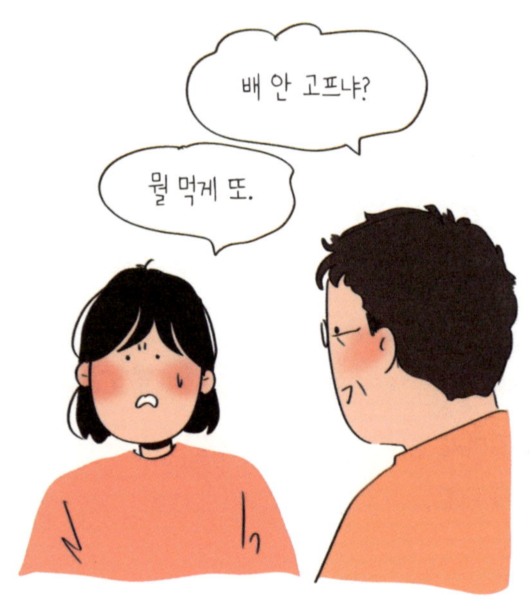

맨날 살쪘다고 하면서
맨날 야식이나 밥 먹자고 하신다.

혼자 일한다는 것

작업실에 도착하자마자 가장 먼저 하는 일은 창문과 베란다 문을 활짝 열어 두는 것. 볕이 잘 들고 환기가 잘되는 이 공간을 만끽하는 방법 중 하나이다. 바람이 지나가는 길이어서 유월의 작업실은 창을 모두 열어 두는 것만으로도 금세 상쾌한 공기로 가득해졌다.

모든 창문을 열어 놓고선, 노트북과 태블릿, 조명 전원을 순서대로 켜 준다. 가끔은 노트북과 태블릿 전원을 양손으로 누르면서, 동시에 발을 이용

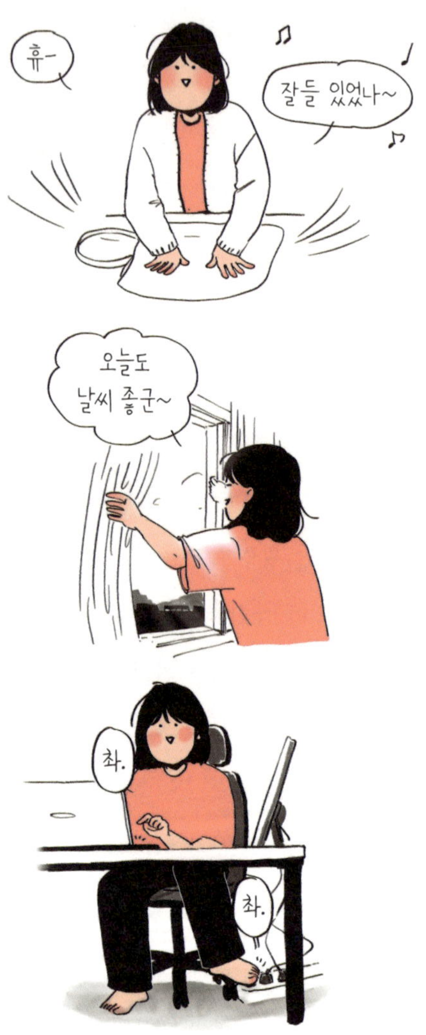

휴-
잘들 있었나~
오늘도 날씨 좋군~
촤.
촤.

해 조명 버튼을 눌러 준다. 멀티태스킹이 빛나는 순간이라 할 수 있겠다.

전자 기기들이 부팅될 동안, 간밤에 나 없는 작업실을 지키고 있었을 녹색 식물들의 상태를 두루 살펴본다. 한 녀석은 잎이 탱글탱글한데, 반면 또 한 녀석은 기운 없이 잎이 축축 처지고 있다. 도무지 그 이유를 알 수 없으니 괜히 미안해지는 순간이랄까. 부디 건강하게만 자라주길 바라는 간절한 마음을 담아 물도 더 줘 보고 볕이 더 잘 드는 창가 쪽으로 자리를 옮겨 줘 본다. 사실 할 수 있는 일들은 그 정도였다. 시들어버리면 어떡하지. 시들시들하다 떠나보낸 게 벌써 몇 번이던가. 식물 키우는 데에는 영 소질이 없는 건가 싶어 괜한 조바심이 들곤 한다.

사실 식물 돌보기는 어떤 의식일지도 모르겠다. 식물을 돌보며 그날의 일을 대하는 마음을 함께 돌보는 것이었다. 나는 자주 마음이 급해졌다. 급해진 마음은, 자신의 마음을 고요히 가꾸는 일에 따로 시간을 할애하는 것에 인색해지도록 만들었다. 그래서 식물들을 두루 살피는 그 순간만큼이라도 내 마음을 들여다보는 여유를 챙겨 보려는 것이었다.

노동의 완급을 스스로 조절할 수 있다는 점이 홀로 일하는 삶의 장점이자 동시에 단점일 것이다. 가끔은 너무 급하게 달려 금세 숨이 가빠졌고, 이후 며칠을 녹다운되어 있어야 했다. 반대로 또 가끔은 의지를 추스르지 못해 한없이 늘어져버렸다. 그럼 또 그 이후 며칠은 숨이 가쁘게 달려야만 했다. 그리고 또 녹다운이 반복되었다. 정신없는 나날의 반복 속에서 녹색 식물을 살피는 일은, 어쩌면 마음이 지치지 않도록 한숨 돌릴 수 있는 시간이 되어 주었고, 으쌰으쌰 마음을 다잡을 수 있게 해 주었다.

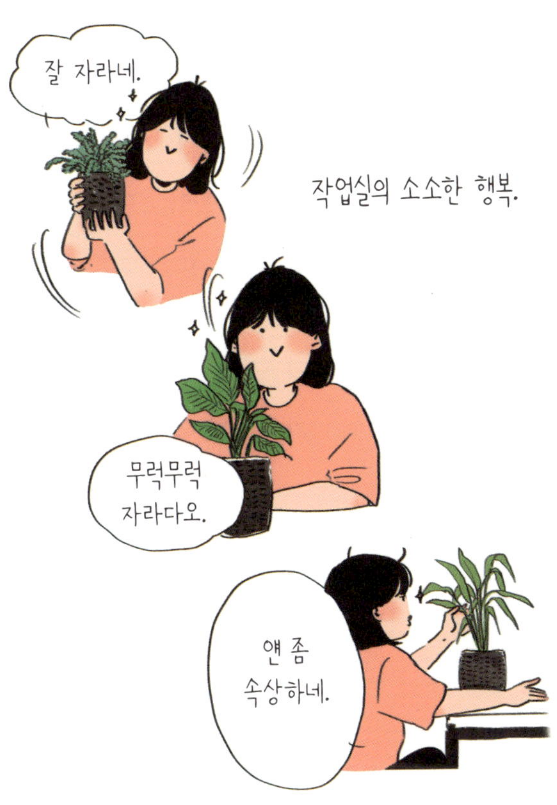
잘 자라네.
작업실의 소소한 행복.
무럭무럭
자라다오.
얜 좀
속상하네.

시들시들했던 아레카야자는 그때보다 제법 키가 자라, 곧 분갈이를 해 줘야 될 것 같다. 스파티필름에는 하얀 꽃이 피었고, 보스턴고사리의 잎은 무성해졌다. 죽으면 어쩌나 늘 조바심이 들지만, 그래도 제법 잘 키워 내고 있다는 기분이 든다.

이 작은 식물들이 성장하는 만큼 내게도 삶의 지혜들이 쌓여, 한뼘 더 성장할 수 있다면 좋겠다. 그리고 홀로 일하는 삶 속에서도 생활과 노동 사이에서 균형을 잘 일궈 나가고 싶다.

제대로 나이 들어가기

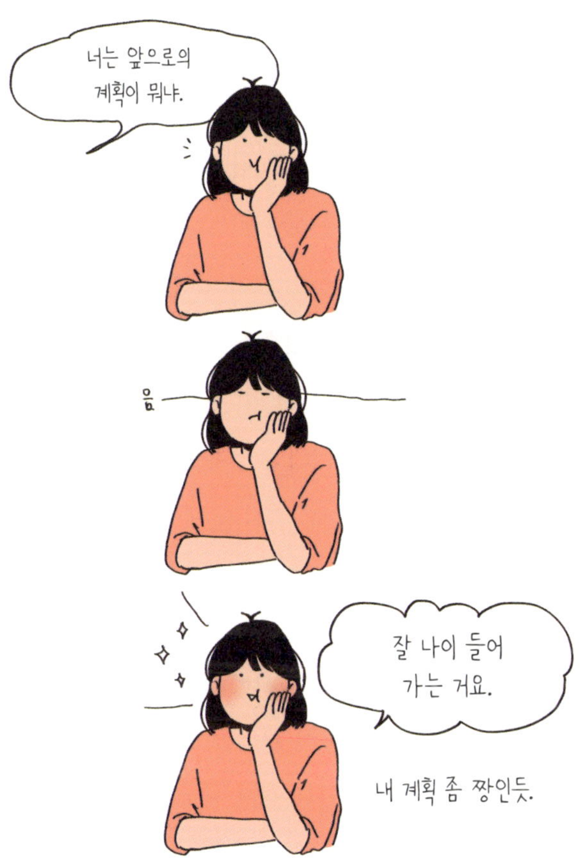

"너 그때 기억하니?"

한동안 엄마와 함께 주민 센터에서 하는 요가 수업을 들으러 다녔었다. 엄마는 종종 수업을 끝내고 돌아오는 차 안에서 나의 어릴 적 이야기를 꺼내시곤 했다. 정작 당사자는 기억하지 못하는 이야기가 대부분이었다. 미술숙제를 하다가 갑자기 도화지 한구석에 이상한 것을 그려 넣었다던 초등학생 딸의 이야기나, 한겨울 미술학원에서 콧물을 찔찔거리며 해맑게 걸어 나오던 열아홉 살 딸에 대한 이야기 같은 것이었다. 어쩌면 엄마는 이해해 보려는 중이었을지도 모르겠다. 회사를 관두고 그림을 그리겠다는 서른살 넘은 딸을.

사실 어린 시절의 내가 어땠는지, 잘 기억나지는 않는다. 초등학교 때가 웬 말인가. 심지어 대학교 때의 일도 잘 기억나지 않는데. 이상하리만치 좋은 기억이든 나쁜 기억이든 고이 품어 두는 법을 몰랐다. 그래서인지 친구들을 통해 학창시절 함께 했던 추억을 만나거나 이렇게 엄마를 통해 내 인생의 한 순간들을 만나게 되면 그렇게 고맙고 반가울 수가 없었다.

한때는 기억력이 유난히 안 좋은 걸까 걱정했던 적도 있다. 과장하면, 어떤 날은 당장 어제 먹은 메뉴도 기억이 나지 않았다. 그래서 해가 갈수록 내 뇌의 용량이 크진 않음을 인정하게 된다. 나의 뇌가 어떤 식으로 움직이는지도 점점 더 명확하게 알 것만 같다. 이를테면 작은 용량으로 이런 저런 일을 해내려다 보니, 그때그때 저장해 뒀던 것들을 비워 내고 공간을 만든다. 그리고 그 공간에 다시 새롭게 채워 나가는 방식으로 뇌가 작동하는 게 아닐까 생각해 본적이 있다.

엄마가 품어 주고 있던 어린 시절의 나와 동생에 대한 기억에는 보통 그리움이 있었다. 어린 시절의 일기나 사진을 아직까지도 버리지 않고 보관하고 있는 걸 보면, 나보다 더 그때를 좋아하고 있는 것도 같고. 아, 그런데 엄마, 아빠의 지난 시절은 누가 기억해 주지. 이대로 흘려보내면 기억에 하나도 남지 않을까 봐, 조금 아찔하기도 하고 두렵기도 하다. 지금부터라도 내가 소중히 기억해 두어야겠단 생각이 든다.

오래도록 부모님의 세계에 머물러 왔다. 늘 안락함이 되어 준 그들. 안락함에 묻혀 사실 부모님의 흐르는 세월을 살피지는 못했다. 이제야 관심을 가지고 마주하며, 회피하지 않고 두 눈으로 담아 가고 있다.

언제 이렇게 우리 엄마 목주름이 늘었는지. 또 우리 아빠 손은 언제 저렇게 거칠어졌는지.
오늘도 아침부터 아빠한테 툴툴대긴 했지만, 함께 보내는 이 시간들에 더욱 충실하겠노라 다짐한다. 부모님이 나의 어린 시절의 추억을 고이 품어왔듯이, 나도 그들과 함께 세월에 물들어 가는 이 순간과 감각들을 마음에 차곡차곡 쌓아 두려 한다.

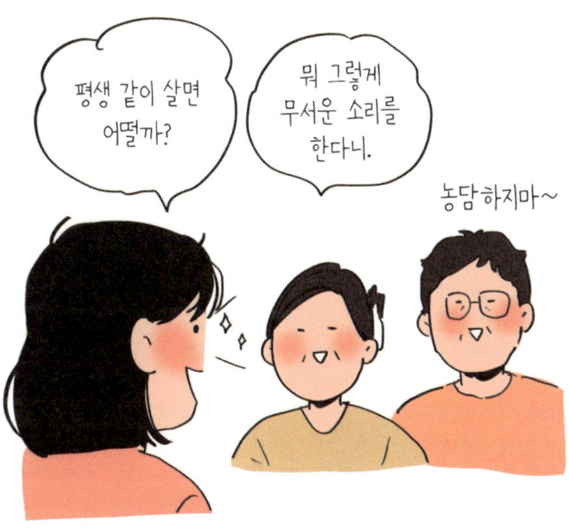

내겐 로맨스인데 엄마, 아빠에겐 스릴러.

3장

오만과 편견,
그리고 잘못된 낭만

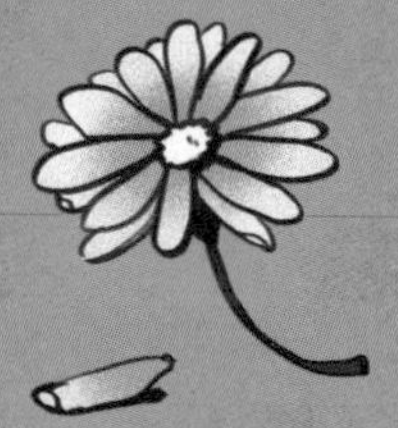

일요일의 심정

월요일이 싫었다. 직장인이라면 으레 그렇듯, 월요일은 출근하기가 싫었다. 출근하면 메일함에 쌓인 메일들을 확인해야 했고, 고작 주말 이틀 쉬었다 다시 나온 건데도 업무 발동이 무척이나 안 걸리는 날이기도 했다.

　메일함에 쌓여 가는 메일과 울리는 전화벨, 단톡방에 쌓이기 시작하는 업무 톡들, 그리고 언제 어디서 등장할지 모르는 상사까지. 그런 것들을 생각하면 일요일의 해가 저물어가는 그 순간부터 긴장을 했다. 연차가 쌓이면 나아지려나 했는데, 오히려 안 나던 식은땀으로 손이 흥건해질 정도였다.

지금은 그림 노동을 하는 프리랜서의 삶을 지내고 있다. 출근하는 월요일이 사라진 프리랜서의 삶이란, 일요일의 긴장감으로부터 자유로울 줄 알았는데 웬걸. 저물어 가는 일요일 저녁의 긴장감은 여전하다.

처음에는 습관이라고 생각했다. 짧다면 짧고, 길다면 긴 시간 동안의 직장 생활로 인해, 그때의 생활 패턴이 몸에 익은 것이라고 생각했다. 그런데 그게 아니었다. 직장인이든, 프리랜서든 내 삶은 변함없이 5영업일을 기준으로 돌아가는 세상에 속해 있었다. 월요일이면 어김없이 이런저런 연락들이 마구마구 활성화되었다. 직장 상사가 없고 직장 동료가 없고 소속 조직이 없을 뿐, 월요일이면 협업 메일을 수신하고 회신하는 삶은 변함이 없었다.

여전히 월요일이 싫다. 마음껏 나태해도 좋을 요일이 끝나가는 것이 사뭇 아쉬워 진다. 월요일은 왠지, 노동 주간의 시작을 알리는 요일이자 노동으로 채워진 시간이 가치 있게 느껴지는 요일이지 않는가. 물론 나를 먹여살리기 위함이니 나의 노동은 위대한 것이지만, 그래서 월요일의 나태가 특히 더 달콤한 것일지도 모르겠다. 아무튼 노동이 옳고 나태는 옳지 않다는 식의 논리가 얼마나 자기 자신을 지치게 하는 일인지는 알고 있다. 무언가를 생산해 내기 위해 사실 적절한 나태는 분명 필요하다. 나태에 조금 더 너그러워지고 싶다(충분히 너그럽긴 하지만).

영원히 나태할 수 있다면 좋을까. 마음껏 나태해도 좋을 요일이 끝나가는 시간 속에서 툭툭 괜한 생각이 든다. 다가올 월요일은 으레 명랑하게 맞이해 줘야 하겠지. 월요일을 명랑하게 맞이하기 위해 이 알싸한 긴장감부터 조금 추스리고 가야겠다. 그

런 의미에서 치킨 한 마리 시켜 볼까(쿨럭). 모두의
월요일을 응원하며!

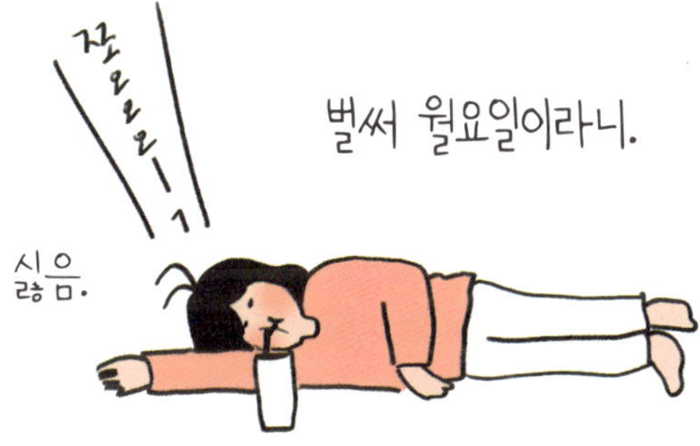

의연한 관계

서울 생활을 정리하고 군산으로 내려오게 되면서 삶의 많은 것들이 달라졌다. 먼저 사는 환경이 대도시에서 지방 소도시의 삶으로 변화하였고, 그에 따라 라이프스타일도 살짝 달라져야 했다. 월급 노동을 하던 직장인의 삶에서 월급 없는 창작 노동자의 삶으로 전환하면서 일의 형태나 특성도 달라졌다. 지금까지처럼 생산성을 기준으로 시간을 판단하고 효율과 성과를 중심으로 삶을 꾸리려 한다면, 분명 이 생활을 오래 지속해 낼 수 없을 거란 생각을 하게 되었다.

내가 겪었던 많은 변화들은 사실 계란프라이를 뒤집듯 180도 달라지는 형태는 아니었다. 그것은 내 안에 숨겨 두거나 눌러 온 일부 조각들의 크기가 커져 자리를 찾아 나가는 형태에 더 가까웠다.

이런 내 인생의 변곡점에서 주변 관계에도 잔잔한 변화가 일어났다. 이전에는 직장 상사나 동료들과의 시간으로 일상의 대부분을 채웠다면, 지금은 가족이나 연인과 보내는 시간이 많아졌다. 서울에서 지낼 때는 같이 상경하게 된 동창 친구들이나 대학 동문들, 또는 동료의 연으로 친해진 지인들을 주로 만났다면, 지금은 이곳 군산 근처 또는 대학 이전의 삶을 지냈던 전주의 동창 친구들을 볼 일이 더 많아졌다(사실 만날 친구가 별로 없지만).

전에 비해 긴밀해진 관계가 있다면, 반대로 소원해진 관계도 있고, 다름없이 곁에 존재해 주는 관계도 있었다. 관계의 결이나 형태가 달라졌다고 해서 씁쓸하거나 슬프지는 않다. 퇴사하고 군산으로 내려오기로 마음먹은 그 시점부터 앞으로의 모든 변화를 자연스럽게 받아들이고 감당하겠노란 생각 정도는 하고 있었으니까. 이 모든 변화는 자연스러운 일이었고, 그저 이 현상들이 흥미롭기도 해서 찬찬히 관찰하고 있다.

빛나던 오만함과 찬란했던 호기심의 계절을 함께 보내줬던 사람들, 삶의 무게가 버거워 눈물 흘리던 순간 곁에 있어줬던 사람들, 이 삶의 무게 앞에 조금 의연해지기까지 그 곁을 한결같이 지켜 준 사람들 모두가 소중하다. 서로가 서로의 변화와 성장을 지켜봤고, 서로의 세월에 관심을 보냈던 순간들이었으니까. 함께하던 그 순간들만큼은 진심으로 매 순간 안녕을 바랐다.

내가 변화를 향해 나아가던 시간들만큼, 사람들 역시 변화한 것은 공평하고 자연스러운 것이 아닌가. 여전히 긴밀하든, 전과 달리 소원해졌든, 뭐가 됐든 나의 순간들을 함께 해 주었던 존재들에게 감사할 뿐이다.

기꺼이 흐르자. 의연하게 흘러 가자. 각자의 시
간에 충실함을 다하고 있는 우리의 과정, 그리고 그
것의 자연스러움을 응원하며. 그렇게 의연한 마음
으로 계속 흘러가 보고 싶다.

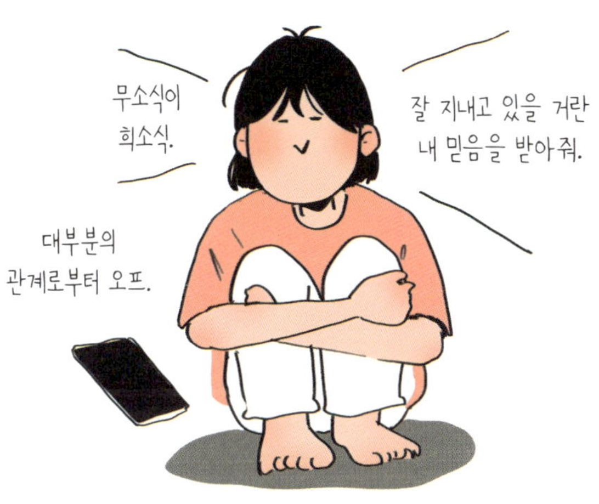

함께이기 위해 지금은 홀로이고 싶다.
립미얼론.

'존버'의 새로운 미학

직장 생활 중 멘탈이 강하단 소리를 종종 듣곤 했다. '잔 다르크' 같다나. 아마도 그 당시 내가 속해 있던 팀에서 나 홀로 여성이었기 때문이거나 또는 모두가 떠나가던 자리에서 5년씩이나 머물고 있었기 때문이거나, 둘 중 하나였으리라 생각한다. 이에 대해 자부심 같은 게 있는 것은 아니다. 오히려 이 당시의 나는 자기연민의 늪에서 헤어 나오지 못하고 있었던 것 같다.

3년 차가 되던 해, 당시 내가 속했던 팀에 경력직

한 분이 들어왔었다. 입사 이래 처음으로 만난 동성의 팀 동료였다. 그녀와는 6개월 정도의 짧은 시간을 함께 했을 뿐이었지만, 그 시간동안 내가 그녀에게 심적으로 꽤 의지하고 있었음을 그녀가 떠난 뒤에야 알게 되었다. 그녀가 퇴사하던 날, 퇴근 후 집 앞 주차된 차 안에서 펑펑 울고야 말았다. 떠나는 존재에 대한 아쉬움이자, 동시에 떠나지 못하는 스스로에게 밀려 오는 서글픔 같은 것들. 아니, 저렇게 후련히 떠날 수 있는 사람도 있는데, 왜 나는 이렇게 구질구질한 거지. 자신의 미련 맞음이 혼자 또 서글프기도 하고, 지긋지긋하기도 해서 화도 나고 그랬던 것 같다.

딱히 뭔가 승리를 바랐던 건 아니다. 그냥 존버하는 것만이 내가 할 수 있는 일이었으니까. 버티다 보면 괜찮아지겠지, 뭔가 앎에 닿을 수 있게 되겠지, 알 수 있겠지란 믿음이 있었다. 결국 버티는 거. 그거 하나는 잘했던 것 같다. 고등학교 때부터 엉덩이가 무거웠다. 입사 면접을 보던 순간에도 내가 어필했던 건 무거운 엉덩이였다. 어쩌면 나는 내가 잘하는 걸 꽤 객관적으로 파악하고 있기까지 했던 게 아닌가!

결국 한 회사에서 꾸역꾸역일지라도 5년을 버텨낸 그 경험은, 아이러니하게도 지금 내 삶에 있어 나름의 믿는 구석 하나 정도는 되어 주었다. 지나왔던 시간 속에서 어떤 순간은 처절하고 비참하고 서글프고 속상했을지라도. 나에 대한 꽤나 믿을만한 구석 하나는 생겼달까! 앞으로 어떤 삶을 살든 뭐 버티는 거 하나는 잘하겠지 싶은 이 믿음 하나 있는 것이다. 물론 10년, 20년씩 장기 근속하는 분들 앞에서 어쩌면 하룻강아지 범 무서운 줄 모르는 믿음일 수도 있겠다만.

예전에는 존버가 '존나 버틴다'는 의미였는데, 최근에는 그 의미가 조금 확장된 것 같더라. '존나 버티더라도 스스로를 존중하며 버틴다'라나. 우리도 그러자. 존버할 때 하더라도, 나 자신을 아끼면서 말이다. 너무 몰아세우지 말고!

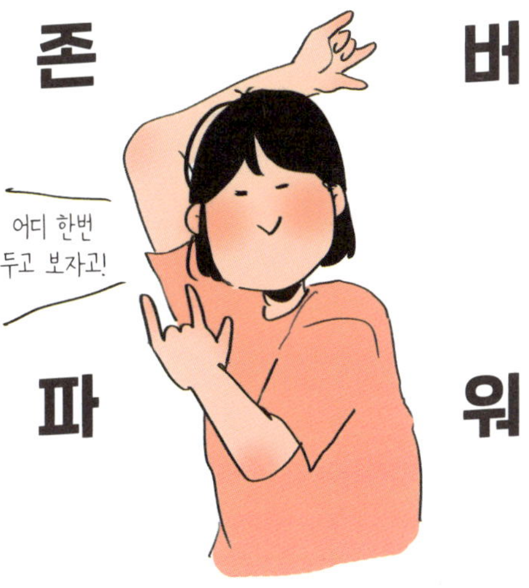

존버는 미련함이 아니라 비장함일 수도 있다.
뭐가 됐든 나를 리스펙트하기로 하자.

나의 인생 권태기

서른하나로 넘어갈 무렵, 인생이 무척 권태롭게 느껴졌다. 지금 내가 하고 있는 일에 대한 회의감이 궁극의 경지에 다다랐다. 찌들어간다는 표현도 있지 않는가. 가끔 파도처럼 몰려 오던 권태로움이 이제는 아마존 늪지대와 같이 울창해져서 그 속을 엉금엉금 기어서 가는 것만 같은 시기이기도 했다. '노력해서 살아온 결과가 고작 이거인가?'라는 생각에 자주 휩싸였다. 그것은 억울함이기도 했고 오만함이기도 했을 것이다.

일에 대해 조금 더 단순한 관점을 장착해 보고 싶었다. 나를 먹여살리는 행위로써, 그리고 경제적으로 자유롭게 해 주는 일 정도로 말이다. 그런 지혜를 갈구하기도 했다. 하지만 우리는 생활의 팔 할을 '일을 하고 있는 나'로서 보내고 있지 않은가. 월급 외 성취나 만족이 부재한 노동으로 인해 삶이 공허하게 느껴지는 것은 어쩌면 우리네 삶 속 흔한 이야기이기도 했다. 이 자연스러운 마음에 대해서 자책하지 말 걸.

그렇게 인생 권태기가 찾아왔다. 무엇을 해도 재미없고 가치 없게 느껴졌다. 의지와 활기가 사그라들면서, 무기력한 시간을 보내야 했다.

월급을 바라보며 한 달 한 달 잘 버티는 순간도 있었지만, 결국 '버티기'에 종점을 찍어야 되는 순간은 찾아 왔다. 삶을 버티는 게 아니라 살아가고 싶었다. 내가 일에 대해 바라는 것들, 그리고 그것들의 우선순위를 정해야 했다. 일에 대해 어쩌면 대다수의 사람들과는 다른 우선순위를 추구하며 사는 삶을 스스로 감당할 수 있을지에 대해 끊임없이 자문해야 했다. '일의 목적', 그 우선순위가 누군가에게는 수입 창출일 수도 있고, 또 누군가에는 자신의 성장일 수도 있다. 두 가지의 기대가 균형적으로 작동하는 일이라면 참 좋을텐데. 나는 기회 비용을 따져야만 했다. 그래서 내 선택의 대가로 월급의 삶을 포기하기로 했다.

삶이 뜻대로 살아지는 것은 아니겠지만, 언제나 최소한의 바람은 있었던 것 같다. 살아지는 대로 생각하기보다는 생각한 대로 살아보자고. 그런 마음을 끌끌내 버리지 못하는 나를 결국 인정해야 했다. 결국 생각한 대로 살아보겠노란 다짐에 다다라서야, 지독했던 서른하나의 인생 권태기가 물러갔다. 그리고 다시금 새로운 현생에 적응하느라 정신없는 삶이 시작된다. 이 삶도 어느새 적응이 끝나고, 익숙해지는 순간이 오면, 다시금 권태롭게 느껴질까. 아직은 잘 모르겠지만, 일단은 살아가 보려 한다.

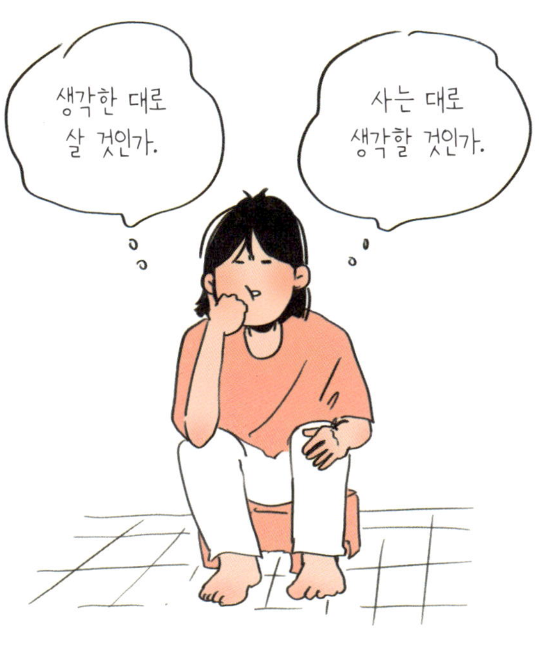

근데 결국 뭐든 생각하기 나름.

성공의 지표

'성공'이 뭔지도 모르면서 막연히 성공을 꿈꿨다. '성공' 하면 떠오르는 이미지가 있었다. 화려한 도시의 커리어우먼이 바로 그러했다. 열정을 헌신할 수 있는 자신의 일이 있고, 그로써 성취와 경제적 자유를 이뤄 낸 사람. 어릴 때부터 그런 이미지가 있었다. 그래서 그렇게 인 서울에 집착했고, 대학 졸업 후 대도시가 아닌 곳에서 일하는 삶에 대해 생각해 본 적이 없었던 걸지도 모르겠다.

성공에 대해 이와 같은 전형적 이미지를 가지고

있었던 것처럼, 성공으로 향하는 과정에도 공식이 있다고 믿었다. 이를테면 좋은 성적, 좋은 대학, 좋은 직업, 또는 좋은 회사. 이 단계를 차곡차곡 밟아 나가면 그게 성공이고, 행복일 것이라는 확고한 믿음이 있었다.

그러나 살다보니, 믿음이란 게 어쩌면 나의 허황된 꿈이거나 학습된 허상일지도 모르겠단 생각이 들더라. 커리어우먼이 한 달 월급에서 쓰는 '시발비용'이라던가. 왜 그녀의 지출은 엥겔지수가 높을 수밖에 없는지 라던가. 월세나 보험료, 통신비 등 이런저런 생활비를 감당하고 나면 과연 적금은 얼마나 들고 있겠는가와 같은 현실을 알게 되었다. 도시의 화려한 삶 이면에 존재하는 은행 대출이나 신용카드 빚 같은 것들을 알고야 만 것이다. 하루의 전쟁을 끝내고 돌아온 집에서 홀로 맞이하는 집안의 적막과 고독함 같은 것들도 미처 몰랐다. 왜 아무도 알려 주지 않은 거지.

꿈을 크게 가지라는 말을 싫어한다. 대단한 성공을 꿈꾸는 것보다 현실, 그리고 그 속에서 기꺼이 행복의 순간들을 놓치지 않는 법을 미리미리 알았더라면, 그러는 편이 삶을 훨씬 더 풍요롭게 해 준다고 생각하니까. 차라리 그랬더라면 허황된 이미지를 쫓아가던 삶을 더 일찍 청산하고, 실속을 챙기며 삶의 내실을 단단히 다져 나갔을 것이다.

이제는 성공에 대한 거창한 환상 같은 건 없다. 그저 가늘고 길게 살아가고 싶다. 이제야 나는 내게 행복을 주는 것들이 무엇인지에 대해서 좀 더 확실하게 알게 된 것 같다. 그리고 성공에 대한 거창한 환상 대신 나만의 성공 바로미터가 생겼다.

'먹고사는 일'과 '하고 싶은 일'의 균형을 잘 맞춰 가는 삶. 순간과 일상, 하루를 사랑하는 사람들과 나눌 수 있는 삶. 자족감 충만한 시간을 살며 하루하루 감사할 수 있는 삶. 시시때때로 웃음과 울음에 충실할 수 있는 삶. 그리고 사랑하는 사람들에게 언제든 맛있는 음식과 좋은 선물을 아낌없이 나눌 수 있는 삶. 이런 삶이라야, 나 좀 성공했네! 싶은 삶이 될 것 같다.

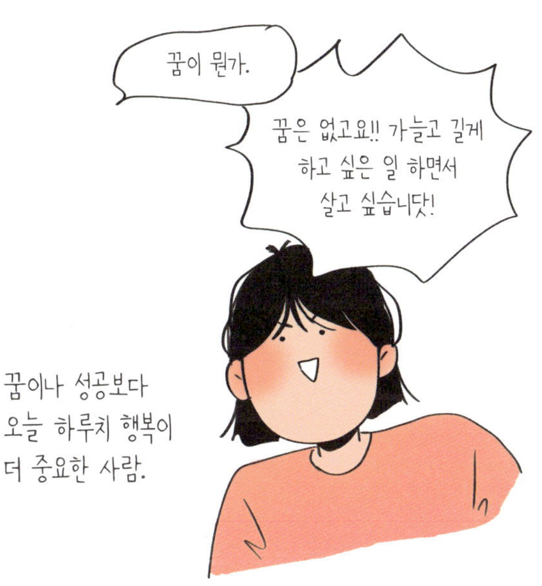

좀 어때

그런 날이 있다. 다들 어떻게 사는지, 무슨 생각을 하고 지내는지 갑자기 마구 궁금해지는 날. 그런 날이면 괜히 SNS의 '묻고 답함' 기능을 활용해서 허공을 향해 질문을 던진다. 그리고 곧 나의 물음이 닿은 사람들로부터 사는 이야기가 도착한다. 아, 다들 잘 지내고 있구나. 다들 대견히 잘 살아 내고 있구나. 뭔가 디지털 시대의 이 찬란한 유산에 뭉클해지는 순간이기도 하다. 이렇게 내 세상 밖 다양한 사람들과 소통할 수 있음에 감사해지는 순간인 것이다.

도착한 이야기들 중에는 다정한 응원의 메시지도 있고, 자신의 소소한 일상을 나누는 따뜻한 이야기도 있다. 동시에 삶의 고충이나 고달픔 같은 것들도 있다. 선택의 기로에서 무엇을 선택할 것인가에 대한 고민. '해야 할 일'과 '하고 싶은 일' 그 사이에서의 고민. '되고 싶은 나'와 '진짜 나' 사이에서의 고민…. 대부분 이런 것들이었다.

나 역시 여전히 무수한 고민을 달고 살아간다. 우리네 삶의 고민이 끝이 없음을 전보다 담담히 받아들이게 되었을 뿐이겠지. 그리고 우리네 삶의 고민이란 게 어쩌면 비슷하단 생각도 든다. 내가 해 왔던 고민, 지금 하고 있는 고민, 앞으로 하게 될 고민들 모두 그 누군가 언젠가 했던, 하고 있는, 하게 될 고민이기도 한 것이다. 결국 그렇게 서로의 고민은 서로에게 위로이자 지혜이며 의지와 용기가 되어주는 것이었다.

고단한 마음에 내 고민도 닿길 바라며, 진심을 담아 답을 보낸다. 힘내란 말은 너무 단순한 거 같아서, 그저 비슷한 상황에서 내가 느꼈던 감정이나 결국 정리해 냈던 마음, 또는 아직 풀지 못한 생각들을 담는다. 결국 이 모든 건, 열심히 살아 내고 있는 오늘이 있기에 필연적으로 생기는 방황이자 고민일 테니까.

'완벽하지 않으면 좀 어때.'
'찌질하면 좀 어때.'
'괴짜 같으면 좀 어때.'
'못나면 좀 어때.'
'미흡하면 좀 어때.'
'허접하면 좀 어때.'
'소심하면 좀 어때.'

그저 바라는 건, 마음이 가난해질 정도로 자신을 몰아세우진 않았으면 좋겠다는 것 정도. 그리고

오늘도 열심히 살아가고 있는 나와 당신, 우리에게
응원의 마음을 보낸다.

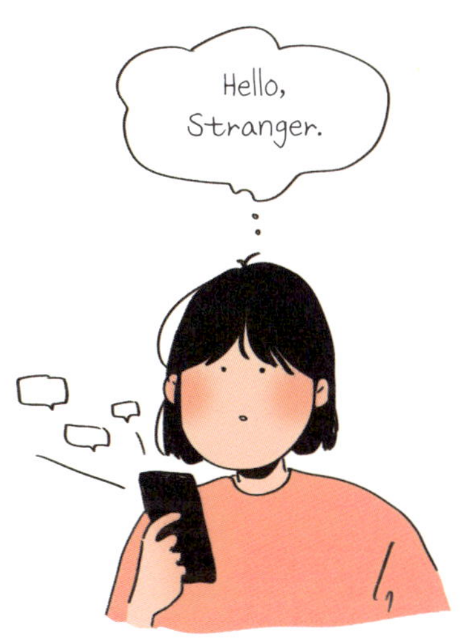

이상한 모두를 응원합니다.
(어차피 세상은 요지경)

시간을 쌓는 중

지금껏 해 왔던 작업들을 다시 보는 일은 어쩐지 두렵다. 시간이 꽤 지나, 이제는 오래된 작업들. 그것들을 제대로 쳐다보지 못하겠는 순간들이 있다(사실 많다). 그건 마치 싸이월드에 올렸던 나의 글 앞에서 부끄러워지는 것과 같달까. 과연 언제쯤 내가 쌓아 온 작업들 앞에서도 부끄럽지 않고 떳떳할 수 있을까. 요즈음 내 최대 관심사이다.

왜 항상 지난 작업들은 시간이 흐른 뒤 부끄럽게 느껴지는 것인가. 이유는 간단했다. 지금의 내가 그때의 나와는 달라져 있기 때문이다. 그때의 진심이나 내가 했던 숱한 생각에 더 이상 몰입할 수 없게 된 것이다.

지난 감정에 몰입하거나 동의할 수 없게 되었다는 건, 반전하듯 그때의 나와 지금의 내가 180도 달라져서가 아니다. 그때는 내게 전부였던 것이 이제는 나의 일부이자 작은 파편이 되었기 때문이었다. 그렇게 변해 왔고, 또 변해 간다. 나아짐을 향해 끊임없이 흘러 간다. 흐르는 시간 속에서 그렇게 자기 자신의 앎이 닿아 가는 영역도 조금씩 커지겠지. 분명 그럴 것이다.

삶은 결국 과정의 연속인 것 같다. 끊임없이 시간을 쌓고, 성장과 성숙을 향해 간다. 흐르는 시간 속에서 나이만 먹을 수도 있음을 알게 됨과 동시에 그만큼의 시간을 버려 내고 살아 냈다는 것만으로도 존경을 받을만한 일임을 깨닫게 된다.

시간 앞에 결국 영원하고 변치 않는 건 없는 것 같다. 모든 게 그렇게 나아간다. 먼 훗날 어느 시점, 나의 지나온 시간들에 대해서 흔들리지 않는 애정을 느낄 수 있는 내가 되었으면 좋겠다. 그런 바람을 원동력 삼아 지금도 이렇게 시간을 쌓아 가고 있는 걸지도 모르겠다.

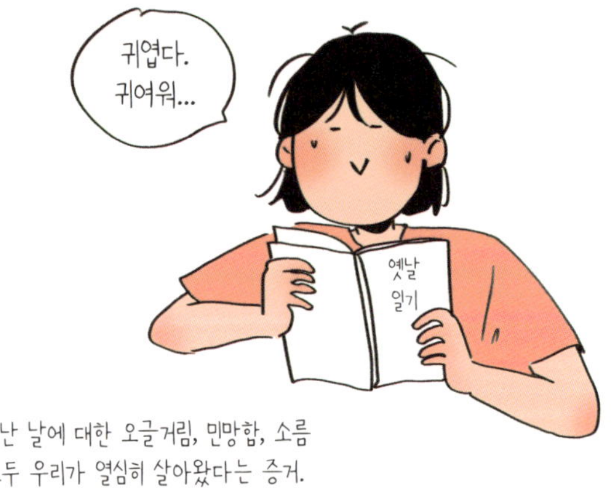

지난 날에 대한 오글거림, 민망함, 소름
모두 우리가 열심히 살아왔다는 증거.

평범에 대한 강박

내가 살아온 날이 11,300일이 넘어 가면서, 문득 그런 생각이 들었다. 지금껏 그렇게 많은 하루하루를 지내왔지만 스스로를 이해했던 하루는 과연 얼마나 될까. 지금까지도 나는 여전히 나를 알아 가고 있는 중이다.

서른 해 동안 사실 나 자신을 그렇게 생각하고 있었다. 성격 좋고 털털한 사람, 그리고 어떤 것이라도 참아 낼 수 있는 강한 사람. 이 '성격 좋음'이나 '털털함'에 대해서는 나름의 자부심도 있었던 것 같다. 하지만 돌이켜 생각해 보면, 그 모든 것은 무엇이 좋고 나쁜지에 대한 나의 단순한 이분법적 사고가 만들어 낸 결과이자 오해이기도 했고, 오만함이기도 했다. 결국 '바라는 나의 모습'에 갇혀, '본래의 나'를 마주하고 인정하지 못했음을 이제는 인정하고 있다.

내가 생각했던 것보다 나란 사람은 더 예민한 사람이었다. 아닌 척 했지만 싫은 것이 많았고, 그래서 종종 욱하거나 마음이 과격해지기 일쑤였다. '평범'이라는 단순한 이름의 틀에 언제나 복잡한 자신을 강박적으로 맞추고 있었다. 그 강박이 내 삶을 단단히 지탱해 주기도 했지만, 결국 잠들어 있던 화산이 폭발하듯 서른하나의 나는 터져버리고 말았다. 더 이상의 나와 내가 속한 세계를 참아 낼 수 없게 되어 버린 것이었다.

사실 용기가 없었다. 본연의 내 모습을 마주할

용기. 아마도 본연의 나의 모습이란 내가 두려워하는 것투성이었을 테니까. 주류의 삶으로부터 거리가 멀 테고, 우열의 위계에서도 열등한 편에 가까울 테니까. 물론, 이 모든 생각은 어디까지나 나의 호불호에서 비롯되었을 뿐이다. 주류와 비주류에 대한 구분, 우열의 위계에 대해 지니고 살아왔던 나의 편파적인 생각들이기도 했다.

편견을 더 이상 무서워하거나 싫어하지 않게 된 계기는, 어쩌면 이 삶의 한계와 모순을 조금 더 담담히 받아들이게 되면서였던 것 같다. 구분과 기준 하나 없이 이 삶을 산다는 건 굉장히 두려운 일이 될 수도 있음을. 결국 평범에 대한 강박은 삶에 대한 뿌리 깊은 두려움과 불안이기도 했던 것 같다.

11,300일 째의 하루. 삶의 조각들을 다시 새로이 맞춰 나가며 그런 생각을 한다. 본연의 나를 너무 몰아세우지 말 걸, 너무 나무라지 말 걸. 조금

더 애정을 가지고 대해 줄 걸. 지나온 시간 속에서 자신의 내밀한 모습에 성실하게 귀 기울이고 집중했더라면, 아마도 그랬더라면 폭발하듯 설움이나 억울함 따위가 터져버리는 일은 없었을지도 모르겠다.

이제는 안다. '평범'과 '평범하지 않음'의 정의는 사람 저마다, 개개인 모두가 다 다를 수 있음을. 그리고 그보다 더 중요한 건 그런 정의나 분류를 떠나 지금을 살아가고 있는 나에게 집중하면 된다는 것을. 더딤이 기꺼이 설렐 수 있는 일임을 알게 되었다.

평범이란 굴레 안에서 발견할 수 없던 것들이 나는 이제야 눈에 들어온다. 이를테면 당연하다고 생각했거나 평범하다고 여겼던 엄마, 아빠에게도 있던 독특함, 또는 유별남. 본연의 나에 대해 스스로 너그러워지니 누구나의 독특함을 발견하는 일이 전보다 더 즐거운 일이 되기도 했다. 그리고 이제

야 알 것 같다. 그 어디에도 '평범'이란 두 글자로 단
순히 정의될 수 있는 존재는 없다는 걸.

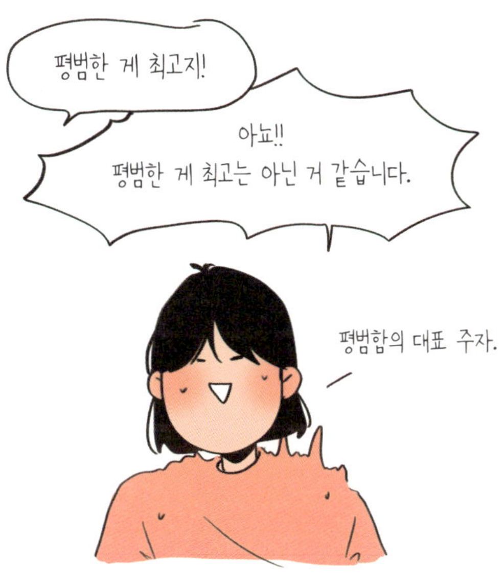

사는 게 다 그렇지 뭐

'사는 게 다 그렇지 뭐'라는 말은 참 신기한 말이다. 마음 상태에 따라 때로는 무척 듣기 싫은 말이 되기도 하고, 때로는 몹시 위로가 되는 말이 되기도 했다.

나는 이 말을 싫어했다. '네가 할 수 있는 건 없어. 그러니 순응하고 살아'라고 유별난 나를 탓하는 것만 같았으니까. 절망감의 이유가 되었다.

그러나 할 수 있는 게 딱히 없음이 위로가 될 수도 있더라. 특별히 애쓰기보단, 덤덤히 그리고 담담

히 지금 이 순간들을 마주하는 것. 그것만으로도
충분하다고 이야기해 주기도 했다.

결국 사는 게 다 그런 거였나 보다.

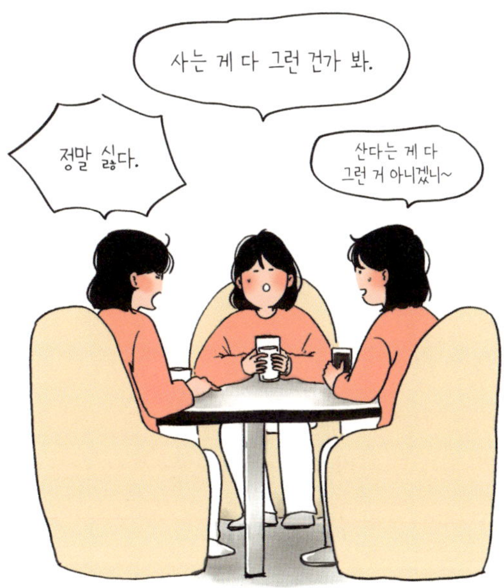

결국 내 마음과 시선을 어디에 둘지는 나의 몫인 거구나.

나태의 힘

나태한 하루의 끝에는 늘 죄책감이 있었다. 나의 하루의 가치를 '내가 얼마나 생산적으로 보냈는가?' 즉 '생산성'을 기준으로 한 판단이었다. 아마 이런 생각은 이 시대를 사는 우리 모두의 강박일 수도 있다. 또는 대중적이고 범용적으로 통용되는 삶의 방식이거나.

아무것도 하기 싫은 날이 있을 수도 있는 거 아닌가. 비를 보며 그저 멍을 때리는 날도 있을 수 있는 거다. 괜찮다. 나는 오늘 잠깐 산책을 하고 집에 돌아와 커피를 내려 마시고, 반신욕으로 하루를 마무리했다.

　나태한 그 순간에도 활력이 충전되고 생산 에너지가 채워지기도 한다. 결국 쉬는 것도 잘해야 긴 인생도 끄떡없는 법이다. 이런 여유와 지혜는 진작 좀 알았으면 좋았을 텐데. 나태에도 생산의 힘이 있다는 걸.

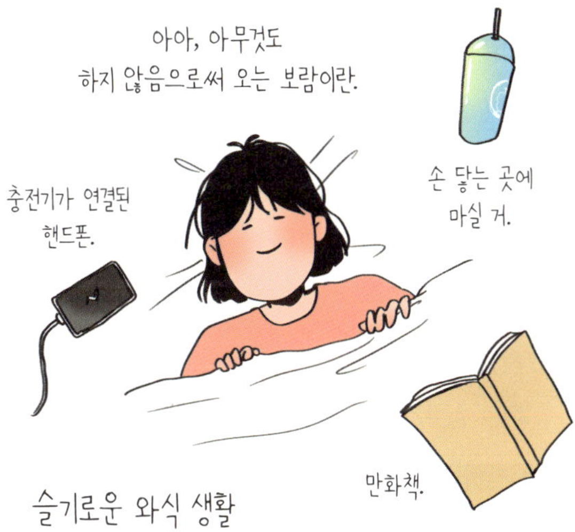

슬기로운 와식 생활

어떤 변화

20대 후반까지만 해도 오기나 분노, 원망 같은 것들이 앞으로 나아가는 연료로 여겨졌던 것 같다. 내가 속했던 상황들로부터 언제나 '저렇겐 살지 말아야겠다'며 날선 다짐을 하곤 했었다. 그것이 나의 오만이었을지라도, 그로써 힘차게 나아갈 수 있었다. 그땐 그랬었던 것 같다.

좋든 싫든 내가 만나왔던 상황에는 언제나 배움이 있었다. 좋은 것은 '아, 저런 방법도 있구나' 깨달음이 되어 주었고, 나의 삶에 그것들을 한번 적용해 보고 싶은 의지로 발전했다. 싫은 것은 '아, 나는 저러진 말아야겠다'는 생각이 되어, 자기 자신을 먼저 돌아보게 하는 힘이 되었다.

어찌 보면 그 모든 것은 옳고 그름에 대한 나의 강박 또는 집착이었을지도 모르겠다. 옳은 건 행해야 마땅하고, 나쁜 건 하지 말아야 된다는 절대적 믿음. 그렇기에 좋아하는 것에 대해 더 열렬히 마음을 쓰고, 싫어하는 것에 대해선 그토록 치를 떨며 싫어했으리라. 내 마음에는 어떤 형태로든 에너지가 넘치고 있었던 것 같다.

좋은 게 항상 좋은 것만도 아니고, 나쁜 게 꼭 나쁜 것만도 아니라던 옛 직장 동료 언니의 말이 떠오른다. 서른 무렵이 되면서 나는 그 말에 더욱 공감하게 되었다. 그 시점 아마도 내면을 추스르고, 에너지를 채우고 사용하는 방식도 달라지게 되었다. 특별한 계기가 있었다기보다는 그저 해 오던 방식이 힘에 부쳐 더 이상 고수할 수 없게 되었기 때문일 것이다.

지금은 그런 것들이 힘이 되어 주고 있다. 변하지 않는 상황을 받아들이는 아량이나 관용, 그도 그럴 수밖에 없겠다는 이해 또는 연민, 서로가 서로에게 나누는 친절과 따뜻한 마음, 이제는 그런 가치들이 삶을 나아가게 하는 힘이 되어 주고 있다.

세상은 좋은 것만 존재하지 않기에, 그렇기에 나는 좋은 것들을 나누는 사람이고 싶다. 그런 것들이 세상을 외면하지 않고 마주함을 지속할 수 있는 힘이 되어 주기도 하니까. 내일에 대한 호기심, 나의 일상에서 느끼는 자족감 그리고 사랑하는 사람들과 보내는 시간들. 내 삶을 지탱해 주는 사랑과 용기에 대해서 앞으로도 나는 계속 이야기해 나가고 싶다.

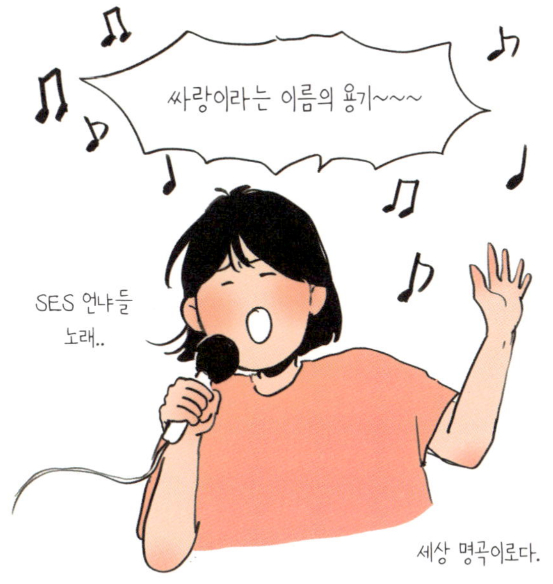

사랑과 용기. 진부하고 뻔하다고 생각했었는데
변치 않는 가치에는 이유가 있는 것 같다.

운동의 목적

이십 대 내내 날씬한, 기왕이면 말랐으면 하는 몸에 대한 강박이 있었다. 그래서 꾸준히 운동을 했었다(과거형). PT, 필라테스, 요가, 러닝, 댄스, 등산, 배드민턴, 자전거 등 당시 유행한다던 운동뿐만 아니라 시술 같은 것들도 찾아다니며 했었던 것 같다. 이를 테면 몸에 놓으면 근육 부피를 줄일 수 있다는 보톡스라던가, 지방분해에 효과가 있다는 주사 시술 같은 것들. 아마도 어떤 정형화된 틀에 내 몸의 형태를 맞추는 데 굉장히 열혈이었던 것 같다.

나는 살이 찌면 금세 체격이 커지는 타입이었다. 이게 무척 싫었던 것 같다. 언제나 웬만한 남성보다 크고 건장한 체격이 콤플렉스로 느껴졌다. 동시에 운동하는 나 자신과 날씬해진 몸매를 뽐내고 싶어 안달이 나 있기도 했다. 돌이켜 지금에야 그때 나의 마음, 허영심 가득했던 그 마음이 볼품없었음을 알게 되었다. 뭐 그런 게 젊은 날의 찬란한 오만함이 아니었을까.

이 체격이 본래 타고났음을 알 수 있는 일화가 하나 있다. 교복을 입던 시절, 조정부에 들어갈 뻔한 적이 있었다. 당시 조정부 코치님이 자기 클럽에 들어오라고 그렇게 한동안 나를 쫓아다녔다. 그때의 나는 초등학교를 막 졸업하고 갓 중학교에 입학한 신입생이었다. 조정에 대한 나의 호기심은 딸이 운동 말고 공부를 하길 바란 엄마 덕분에 얼마 못가 사그라들었다.

전과 달리 이제는 이 튼튼한 골격을 감사하게 받아들이고 있다. 어쨌거나 튼튼하다는 건 좋은 일 아니겠는가. 몸에 대한 인식이 조금 달라진 것일지도 모르겠다. 애초에 여성의 큰 체격이 무슨 문제인가 싶어지기도 하고. 나는 무엇 때문에 여리고 작은 몸에 집착하고 있었나 싶기도 하고. 솟은 승모근, 넓은 어깨와 등짝, 떡 벌어진 가슴과 긴 허리, 통통한 팔과 다리. 있는 그대로의 몸을 받아들이는 방법을 이제야 알아 가는 중일지도 모른다. 아마도 나의 삶 전반에 존재해 온 여러 편견과 강박들로부터 이전보다 자유로워지면서 내 몸에 대해서도 조금 자연스럽게 생각할 수 있게 된 게 아닐까 싶다.

뭐 결론적으로 살이 쪘다. 회사를 관두겠노라 결심하던 그 시점부터 상승하던 수치가 그렇게 상승 가도를 달리고 있다. 숫자가 올라가는 걸 봐도, 한동안은 살을 빼야겠단 생각이 들지 않았다. 오히려 더 살기 좋아졌고 해방감도 들었달까. 1~2kg만

늘어도 저녁을 먹지 않겠노라 다짐했던 때와 달리, 늘어가는 수치 자체가 더 이상 동기부여가 되지 않았다. 오히려 동기가 된 것은 살이 찌니 전과 달리 불편해진 몸의 변화를 체감하게 되면서였다.

퇴사 후 일 년이 넘어가는 현재, 하고 있는 운동은 없다. 창작하는 나의 생활에 운동하는 매일을 설계하고 싶은데 사실 잘 안 되고 있다. 하루도 빠짐없이 자리를 잡고 앉아 글을 쓰고 그림을 그리는 매일을 살며, 또는 연이은 마감 일정으로 종종 밤을 새며, 그럼에도 이런 생활을 운동 없이 이만큼 버려 내고 있는 나의 체력에 무한한 감사함을 느낀다. 목적이야 조금 달랐지만 결국 여태껏 해 왔던 운동의 덕을 지금 보고 있는 게 아닐까 생각하며. 그래서 앞으로의 창작하는 삶을 굳건히 버려 내려면 결국 지금 운동을 해야 한다는, 그 당연한 결론에 도달했다.

아아, 그러나 왜 인간은 같은 실수를 반복하는 것일까. 나는 오늘도 운동을 하지 못했다. 또 시간에 쫓겨 이런저런 핑계로 여기 앉아 정신없이 마감하는 하루를 보냈다. 갈 길이 멀지만, 그럼에도 심신의 단련을 계속 시도할 것이다. 오늘은 꼭 운동을 할 테다(과연...).

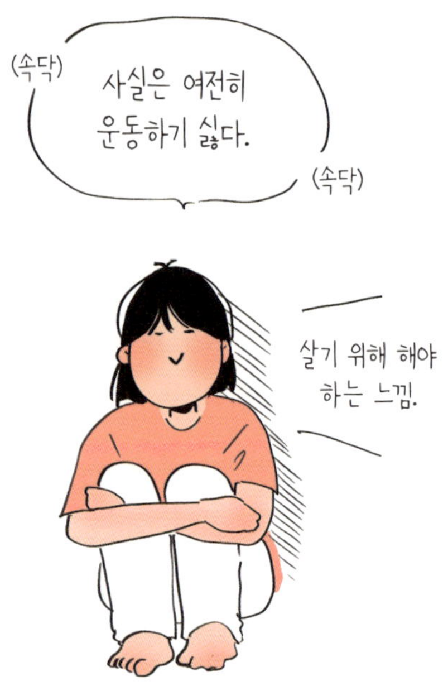

오만과 편견, 그리고 잘못된 낭만

을지로는 뭔가 느낌이 좋은 곳이었다. 그곳에서 소개팅을 하면 잘 풀린다는 근거 없는 징크스 같은 것들도 있었다. 그래서 대학생 시절 늘 소개팅은 을지로에서 했다. 버스를 타면 학교까지 환승 없이 곧바로 갈 수 있다는 메리트도 있었고, 자주 가는 동네가 주는 익숙함이란 낯선 상대를 앞에 두고 그나마 마음을 편하게 만들어 주기도 했다.

저녁 먹을 즈음 만나 밥을 먹고, 커피를 마셨다. 해가 완전히 떨어져 선선해지면 청계천을 걷는 것까지가 딱 코스였다고나 할까. 소개팅은 회사를 다니는 동안에도 계속되었다. 회사를 다니기 시작하면서는 강북까지 갈 수 없어 정자동이나 잠실, 아니면 강남 정도에서 만났다. 물론 그 어디에도 청계천 같은 낭만은 없었다.

처음 만난 상대와 좋아하는 음식, 최근 본 영화, 요즈음 관심사, 사는 곳 이야기, 주말 계획 같은 것들을 이야기했다. 사실 딱히 궁금하지 않아도 의례적으로 나누는 탐색용 대화들이었다. 그렇게 소개팅을 반복하다 보니 어느덧 기계적으로 이야기의 흐름을 읊고 있던 게 아니겠는가. 로봇이 되어 버린 자신을 발견한 순간, 소개팅을 그만두게 되었다. 직장 생활 2년 차 정도가 되었을 무렵이었다. 그리고 그즈음 '연애지상주의'라는 단어를 만났다.

대학교 때 잠깐 클래식 기타 동아리 활동을 했었는데, 그때 같이 활동했던 국문과 언니가 책을 출

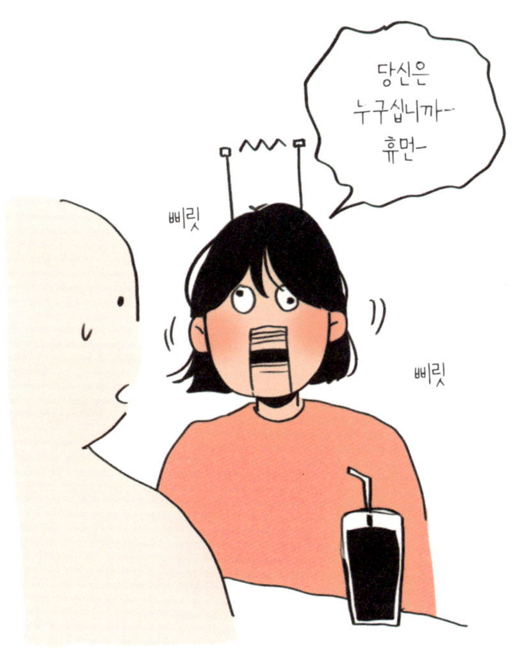

'이렇게까지 할 일인가' 싶다면
그게 바로 합리적 의심.

간했단 소식을 접했다. 《연애하지 않을 자유》라는 책이었다. 내가 느낀 반가움과 그녀가 느낄 친밀감이 비례하지 않을 수 있었지만, 반가운 마음에 책을 샀다. 그리고 책이 들려주는 연애에 대한 과감한 담론을 접하며, 연애에 대해 내가 갖고 있던 편협한 시각들을 인지하게 되었다.

'연애하지 않는 나를 초조해하는 나'
'연애하지 않는 나를 비정상으로 인식하는 나'

결국 연애와 비연애 상태를 우열의 위계로 바라보고 있었던 나는 비연애 상태를 벗어나기 위해 그토록 끊임없이 소개팅을 해 왔었나 싶어졌다. 외로운 마음에 소개팅을 하는 편이 더 솔직했겠구나 싶어 부끄러워졌다. 결국 내 세계를 작게 만드는 건 언제나 바로 나 자신이었음을, 그 책을 통해 알게 되었다.

서른둘의 나는, 지난 삶을 돌이켜보며 자주 부끄럽단 생각을 한다. 아마도 살아온 인생의 팔 할 정도를 편견의 울타리 안에서 보냈기 때문이리라. 이미 지나가버린 어느 지점, 그때 내 곁에 머물던 이들에게 혹시 나의 편견이 상처가 된 순간은 없었을까. 잘 모르겠다. 그렇지만 별다른 방법이나 어쩔 도리가 없음도 인정해야 했다.

책 《데미안》에 "누구에게나 미숙하고, 실수투성이인 순간이 있고, 이것이 완전한 나에 이르는 하나의 과정일 뿐"이라는 구절이 있다. 결국 발걸음을 내딛는 수밖에 없다. 나 자신이 갖고 있던 편견과 언제 또 튀어나올지 모를 오만을 경계하면서 나아가는 수밖에 없다.

마음을 다한다는 것

'뭘 해도 너무 열심이라 탈이라니까.'

이것은 자기 자랑과 신세타령이 절묘하게 섞인 말인데, 엄마 은겸 씨가 종종 꺼내는 말이기도 하다. 그녀로 말할 것 같으면 무슨 일을 하든 끝장을 보는 사람이었다. 모든 일에 열과 성을 다하여 그럴듯한 성취를 만들어 내는 사람이라고 할 수 있겠다. 바꿔 말하면, 성취에 도달할 때까지 몸이 부서져라 일하는 사람이라는 소리가 되기도 했다.

엄마를 닮아 내게도 약간 그런 기질이 있었다. 그래서인지 모녀에게는 사는 방식에 대한 공감대가 존재했다. '뭘 해도 될 사람들'이라며 그 타고난 기질을 서로 치켜세워 주기도 했고, 동시에 인생 참 고달프게들 산다며, 서로에 대해 연민을 느끼기도 했다. '뭘 해도 될 사람들'과 '고달프게 사는 사람들'은 어쩌면 한 끗 차이일지도 모른다.

결국 열심은 양면적인 감정을 불러일으키곤 했다. 의지와 활력을 가지고 산다는 점에서는 분명 좋은 태도였지만, 힘을 빼고 적당히 부유하는 법은 모르는 듯하니 위태로운 방식 같기도 했다. 힘이 들어간 상태로 헤엄을 치면, 멀리 나아가기 힘든 이치가 아니었을까. 금방 가라앉으면 어쩌나 걱정이 되곤 했다.

그림 그리는 일을 시작하는 내겐 '열심'에 대한 새로운 정의가 필요했다. 이 일을 탈 없이 지속하고

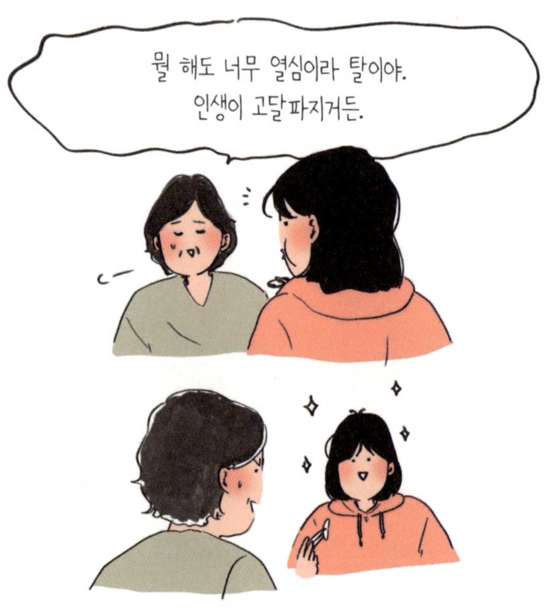

그럼 이제 우리 적당히 살자, 엄마.

싶었으니까. 최대한 가늘고 길게 나아가고 싶었다. 그런 지향 때문인지 온 정성을 활활 태워 내는 힘씀은 경계의 대상이 되었고, 대신 적당한 온기의 항상성을 유지하는 마음에 대해 관심을 갖게 되었다. 너무 뜨거워 금세 지치거나, 또 너무 차가워 나아감이 부재하는 일 없는 그런 적당한 마음의 온도가 필요했다. 그렇게 은겸 씨로부터 물려받았던 '열심'이란 나의 유산은, 이 삶에 맞춰 나만의 방식으로 그렇게 변화를 향해 나아가는 중이다.

결혼에 때가 있나요

약 일 년 전, 처음 애인과 결혼하겠노라 이야기를 꺼냈을 때, 퇴사와 마찬가지로 나는 부모님의 격렬한 반대를 마주하게 되었다. 그러나 내 나이 서른둘의 반이 넘어 가니, 부모님은 어쩐지 전보다 더 마음이 조급해지신 것 같다. 그렇게 반대할 땐 언제고, 이제는 종종 "코로나 끝나면 가", "올해 지나면 가"라는 찬성인지 반대인지 알 수 없는 수표를 발행하고 계신다.

부모님의 마음을 헤아리지 못하는 것은 아니다.

어느덧 과년한 딸이 걱정되실 테고, 또 같이 산 지 어느새 일 년이 넘어 가니, 잔소리하기도 슬슬 지겨워지신 걸 수도 있다. 아니면 일 년을 같이 살아본 결과, 어차피 결국 지 살고 싶은 대로 살 팔자라는 것을 인정하게 되셨거나, 지 살고 싶은 대로 둬도 제법 알아서 잘 살겠지 싶으신 걸 수도 있고. 뭐 적어도 이 중 하나는 있지 않겠는가.

결혼하겠노라는 이야기를 처음 꺼냈던 그 시점이었더라면, 아마도 나는 얼씨구나 잘됐네 하고 감사한 마음으로 조속히 결혼 준비를 이행했을지도 모르겠다. 하지만 지금은 스스로 감지하고 있을 정도로 마음이 달라졌다. 내 마음이 조금 더 내키는 시점을 골라서 해도 되지 않을까 하고. '해야 해서'가 아니라 '하고 싶을 때'를 봐서 말이다. 조금 더 때를 보고 싶어졌다.

어차피 할 사람이면 빨리 하라고들 말하긴 하더

라. 그거야 아마도 그러는 편이 훨씬 경제적이니까. 하지만 내게 결혼 시점이 중요한 이유는 따로 있었다. 아직 하고 싶은 일이 좀 많아야지. 그랬다. 하고 싶은 일이 많았다.

물론 결혼을 한다고 하고 싶은 일을 전혀 할 수 없으리란 비관을 갖고 있진 않다. 동시에 그렇다고 온전히 나 하고 싶은 일에만 집중할 수 있는 환경일 것이란 낙관을 가지고 있는 것 역시 아니었다. 지금보다 당연히 내가 고려해야 될 것들이 늘어날 것이란 예상 정도는 가능한 일 아닌가.

하고 싶은 일을 하는 것으로도 빠듯한 하루를 사는 지금의 난, 숙련된 방식을 더 견고히 갖춰 나갈 시간이 좀 더 있었으면 하는 바람이다. 또 이왕 결혼을 한다면, 해야 될 도리와 지켜야 할 의리를 충실히 수행하고 싶은 마음이기도 하니까(유고걸 특징).

사실 이 시대의 결혼이란, 다양한 관점으로 접근 가능한 주제가 아니겠는가. 삶에서 꼭 거쳐야 할 일이라기보다는 선택적 라이프스타일의 문제가 되었다. 세상에는 이미 비혼, 딩크, 동거 등 다양한 라이프스타일이 넘쳐 난다. 그 모두 '무슨 문제 있나?' 섣부른 오지랖을 부리는 일 대신, '아, 그렇구나.' 그냥 그 자체를 받아들이면 되는 문제겠다. 다양성의 시대에 맞춰 필요한 이 행동 양식을 비로소 나의 것으로 체화해 내고 보니, 이로써 고리타분한 관습의 중심이라고 생각했던 '결혼'을 스스로도 한결 자연스럽게 받아들이는 중이다. 본인이 결혼주의자임을 스스로도 인정할 수 있게 되었다.

결혼을 한다면, 지금의 애인과 하고 싶다. 이 사람은 내가 많은 편견으로부터 자유로워지는 데 도움과 지지를 아끼지 않는 사람이기 때문에. 나 못지않게 가부장제에서 비롯된 관념들로부터 자유로운 사람이기 때문에. 그래서 이 사람과 함께 우리의

니즈에 맞는 새로운 기준들을 함께 세워 나갈 수 있지 않을까란 기대가 살짝 있다.

결혼에 대해 고민할수록 확실해지는 결론이 한 가지 있긴 하다. 기왕 할 거라면, 더욱이 '해야 돼서 하는 일'이 아니라 '하고 싶어서 하는 일'이어야 한다는 것이다. 그것이 욕심일지도 모르겠지만, 굳이 복잡하게 생각할 것도, 구태여 자존심 부릴 일도 아닌 것 같다.

나는 이미 경험을 누적하고 있다. 그것은 대학 입학이나 회사 취직과 같이 중요하다고 여겨지는 선택의 굴곡에서 열심히 고민하지 않고, 나만의 결론을 만들지 않고, 또는 이미 정해진 결론일지라도 충분히 스스로 그것을 납득하거나 이해하지 못했던 나에 대한 경험들이었다. 그런 내가 어떤 실수들을 반복하는지 이제는 조금 알 것 같다. 그러니 이번에는 최대한 신중히 그리고 열렬히 고민해 볼 작정이다.

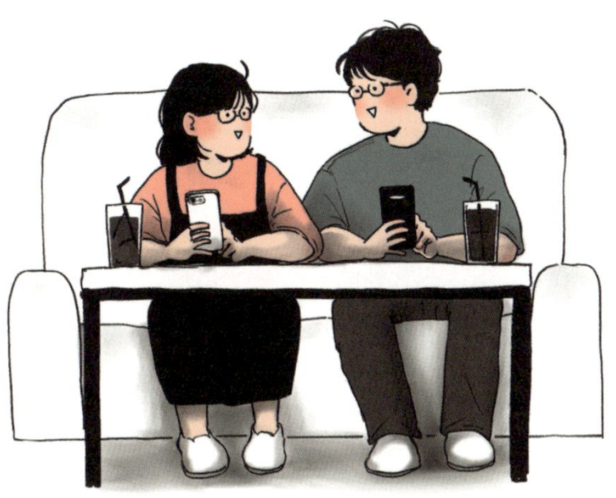

낭만적인 할머니가 되고 싶어

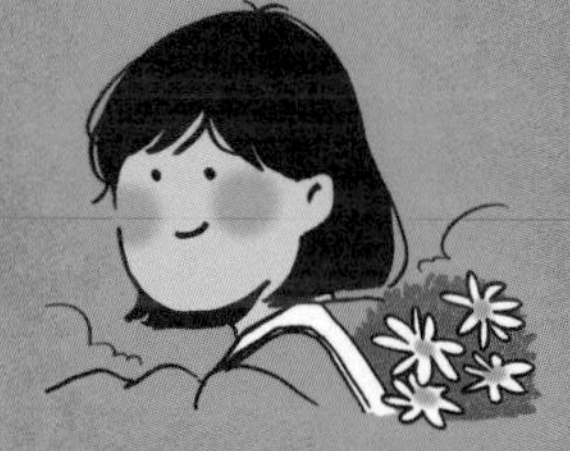

거절하는 힘

요즘 나는 거절하는 연습을 하고 있다. 거절하지 못하고 떠안았던 일이 결국에는 '거절할 걸' 하는 후회로 이어지는 일을 종종 경험하게 되면서 거절의 필요성과 중요성, 그리고 거절의 어려움 역시 절절히 느끼고 있다.

특히나 최근 다양한 외주 작업을 경험하게 되면서 '제대로 된 거절'의 필요성을 느끼고 있다. 작업비가 영 맞지 않거나 작업 일정이 도통 맞지 않는 경우가 대표적으로, "할 수 없습니다!" 하고 단호하게 거절해야만 하는 상황이다. 물론 상대에게도 이유는 있을 것이다. 예산이 적게 책정되었거나 부득이하게 일정이 조율되어 여유가 없을 수도 있다. 하지만 그렇다고 해서 그 상황에 내가 눈치 볼 필요가 무엇일까. 무리하게 일을 맡는 경우, 상황에 대한 감사함보다 억울함을 느끼게 된다는 걸 이제는 잘 알고 있다. 일이 바쁘면, 사람 마음이 괜히 옹졸해지니까. 결국 옹졸해지면 마음을 넉넉하게 쓰지 못하게 된다. 세상 모든 일을 곧이곧대로 받아들이지 못하고 숨은 저변을 찾으려 들거나 비꼬아 해석하려 들고만 싶어지기도 했다. 지드래곤처럼 멋지게 삐딱하면 좋은데 나는 지드래곤이 아니지 않는가.

그래서 '제대로 된 거절'이 중요하다. 온전한 나를 지켜 내기 위해서도 필요한 일이다. 그러나 프리랜서의 거절이란 여러모로 녹록지는 않다. 앞으로 다시는 그곳으로부터 일이 들어오지 않을 수도 있는 미래를 감당하는 일이기도 하다. 그래서 불안하

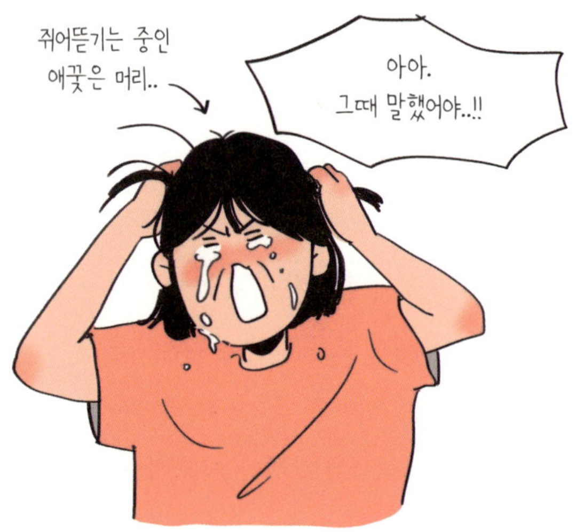

'못하겠습니다'를 못하는 경우
대부분 일이 커진다.

지만, 단호한 거절의 의사를 밝히되 친절한 마음은 지키려고 노력할 뿐이다.

직장을 다니던 시절 종종 들었던 말이 있다.
"응켱은 왜 그렇게 눈치를 봐?"
눈치를 보라는 건지, 말라는 건지 그건 중요치 않다. 여기서 중요한 건, 상사가 언급할 정도로 나의 눈치병이 아주 중증이었다는 점이겠다.

눈치가 빠르다는 게 어찌 나쁘기만 하겠는가. 하지만 과유불급의 진리는 여기에도 적용된다. 상대의 눈치를 살피느라 거절하지 못하는 일이 반복되면서 문제가 발생한다. '거절했다가 기분 나빠하면 어떡하지?'라는 괜한 걱정으로 이런저런 일을 도맡아 하느라 허덕이고 금세 마음은 억울해지는 것이었다. 과연 그것이 상대에 대한 '진심어린 마음'이나 '배려'였을까. 오히려 '욕먹기 싫어서', '괜히 책잡히기 싫어서'에 가까운 마음은 아니었을까. 즉 철

저히 갈등 상황을 회피하고 싶었던 마음이었던 것
이다. 평화주의자이기도 했지만, 연차가 쌓이고 싫
은 게 많아질수록 그렇게 저자세형 인물이 되어 가
기도 했다.

불행인지 다행인지 직장에는 내가 아니더라도
눈치 캐릭터들은 끊임없이 등장한다. 그런 캐릭터
들의 등장은 굳이 내가 나서지 않아도 상황이 무탈
하게 굴러가도록 해 준다. 그리고 그런 상황들에 대
한 경험이 반복되면서, '상대의 눈치' 대신 '상황의
눈치'를 보는 사람으로 진화하기도 했다. 내가 빠져
있어도 되는 상황인지 아닌지를 눈치 보게 되는 것
이었다. 무엇이 되었든, 이는 모두 건강하고 진정성
있는 관계와는 거리가 먼 이야기들이었다. 그럼에
도 불구하고, 그러한 관계에 시간을 쏟고 지속할 수
밖에 없음이 바로 고달픈 일이 아니겠는가.

제대로 거절하고 싶다. 상대와의 갈등이 두려

워 먼저 저자세를 취하며 관계 안으로 파고 들어갔던 삶 대신, 어떤 갈등이라도 잘 풀어나가겠다는 의지와 어떤 관계든 기꺼이 솔직하고 진실되게 대하겠다는 마음으로 살아가는 삶, 그런 삶을 살아가고 싶다. 싫은 일 앞에서 단호함을 두려워하지 않고, 갈등 앞에서 기꺼이 친절함과 차분함을 발휘할 수 있는 그런 힘을 단련해 나갈 것이다.

엄마의 '하면 된다'

나의 엄마, 최은겸 여사님에게는 그녀의 삶을 지탱해 내는 한 가지 강한 신념이 존재한다. 그것은 바로 '하면 된다'는 믿음.

나이를 먹을수록 그 믿음이 대단하게 느껴진다. '해도 안돼'라는 마음이 더 이해되는 순간들이 많아지기 마련이거든. 그래서 엄마의 '하면 된다'에 대한 한결같은, 어찌 보면 무조건적인 그 믿음이 존경스럽게 느껴지고야 만다.

그렇다고 해서 대책 없는 낙관주의는 아니었다. 희망을 품고 그만큼 치열히 노력한다. 그들의 삶은 언제나 치열했다. 그렇게 엄마는 테이블이 채 15석도 안 되던 콩나물 국밥집을 지금은 100석이 넘는 해산물 요리집으로 일궈 냈다. 물론 그 10여 년을 아빠도 함께해 왔기에 가능한 일이었을 테지만.

그래서인지, 엄마의 '하면 된다'는 가끔은 당황스러울 정도로 당당하다. 뭐든 시작해 일이 진행되도록 만드는 일련의 과정에는 치열한 노력, 경험의 반복, 성공이든 실패든 쌓이는 결과들이 있었다. 엄마를 보며 사람을 긍정으로 만들어 주는 것은 생각보다 단순한 것일 수도 있다는 생각을 하곤 한다.

꼭 거창한 일이 아니어도 좋다. 작은 일부터 시작해 볼 수 있다. 일찍 일어나기, 방 깨끗하게 청소하고 유지하기, 시들지 않도록 식물 관리하기, 9시까지는 작업실 가기 등 작은 일에 대한 성공, 성취

를 늘려 가다 보면, 그렇게 쌓인 긍정적 경험이 삶
의 습관이 되기도 할 것이다. 그렇게 생긴 삶의 습
관을 활용하여 일상 속에서 또 성공과 성취를 늘려
간다. 여기서 포인트는 성취감의 크기가 아니라, 빈
도수의 문제인 것 같다. 작더라도 잦은 성취! 잦은
성취로 끊임없이 에너지를 채우며 나아가 보는 것
이다.

　부모님에게 내가 물려받은 자산이 있다면, 아마
도 이 훌륭한 마음의 재질이 될 것 같다. '해도 안
돼'라는 마음 대신, '하면 된다'는 그 마음 말이다.
좀 더 단순하게 살아가 볼까 한다. 단순한 믿음, 단
순한 마음으로 일단 해 보는 거지 뭐.

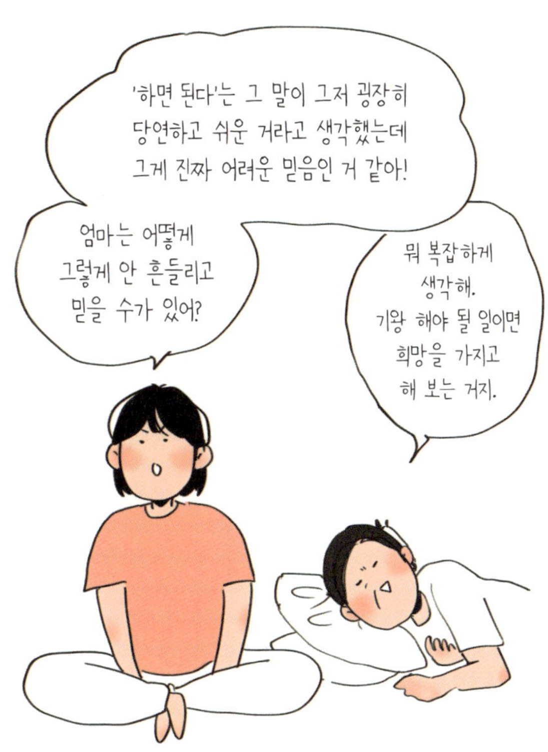

조금 더 단순해져 보는 것도 좋을 것 같아.

행복한 지속

매일 뭔가를 반복하고 그것을 지속해 내는 일은 경이로운 일이다. 매일 아침 출근길을 나서는 일도 그러하다. 비록 보잘 것 없어 보이는 지금 이 순간은, 내일의 나를 먹여 살리기 위한 위대한 시간들이다. 괜찮은 내일을 위해 우리는 오늘을 또 반복해 낸다.

회사를 그만두고, 그림 그리는 일을 시작하게 되면서 '재능'의 존재 유무는 내 최대 관심사였다. 그러나 곧 내게는 천재적 재능을 기대하는 것보다 '성실함'에 기대는 것이 훨씬 더 믿음직스럽고 진입

장벽이 낮은 방법이라는 걸 알 수 있었다.

그래서 매일 작업실로 출근하고 그리는 일의 반복을 지속한다. 스스로 느끼는 재능의 부족함이 있다면 조급함을 버리고 매일의 시간을 차곡차곡 반복해 나가는 수밖에 없으니까.

모든 시작에는 '초심'이 있다. 나의 초심은 그런 것들이었다. 매일 작업실로 가서 '나인투식스'는 하겠노라는 포부 같은 것. '회사까지 나온 마당에 이래야 되나?', '아니지! 회사까지 나왔으니까 이래야지!' 그것은 성실함이기도 했고, 불안이자 강박이기도 했다.

그러나 곧 '나인투식스'의 작업실 생활은 그만두기로 했다. 목적지가 없는 이 긴 모험에서 금세 지치고 싶진 않으니 어쩔 수 없는 선택이 아니겠는가. '불안의 해소'보다 '행복한 지속'이라는 같은 듯 다른 이 새로운 돛을 다시 배에 달기로 했다. 이 여정에서 더 멀리 나아가기 위하여.

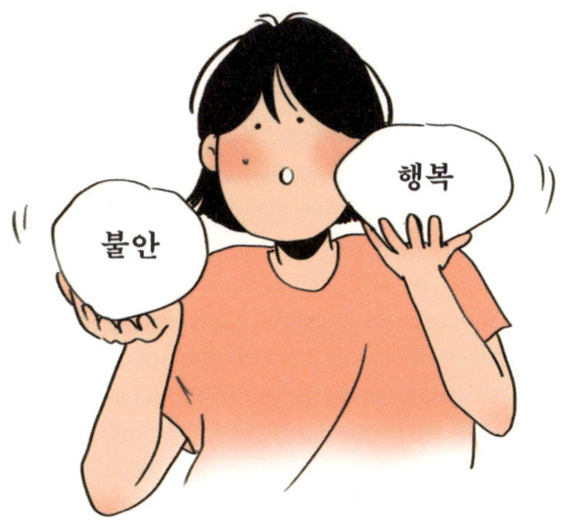

내 삶에서 이 둘의 무게는 비슷비슷하다.
기왕이면 조금 덜 무거운 걸
시선이 더 자주 닿는 곳에 두고 자주자주 보려구.

철모르고 살래

열아홉의 미술학도는 수능을 보고 곧장 서울로 상경해 홍대 앞 미술학원을 다니게 되었다. 당시 학원에는 전주 출신이었던 나를 비롯하여 광주, 원주, 목포 등 팔도 여기저기에서 상경한 미술학도들이 있었다. 모두 예고가 아닌 인문계 고등학교를 다니다가, 부랴부랴 실기시험을 위한 마지막 총력전을 펼치게 된 것이었다.

입시 미술이라는 유형화된 그림을 그렸지만, 마냥 즐거웠다. 심지어 수능이 끝난 시점, 하루 종일 학원에 갇혀 그림만 그려야 했음에도 참 재밌었다.

내 인생에서 좋아하는 일이 주는 원초적 즐거움에 그렇게 몰입할 수 있었던 순간을 꼽으라면, 아마 그때일 것이다.

낯선 홍대 앞 라이프도 재밌었다. 유흥과 인디 문화의 메카인 그 곳에서 학원 친구들과 클럽이 아닌 화방을 다녔고, 술 대신 떡볶이를 사 먹었다. 하고 있는 일에 대해 마냥 천진할 수 있었던 유일한 시간 역시 그때였으리라. 시간이 한참 흐른 뒤에야 그 시절이 흔치 않은 순간이자 경험이었음을 알게 되었다.

그때 학원에서 '김바다'라는 멋진 이름의 친구를 만나게 되었다. 이름이 암시라도 하듯, 남쪽 끝바다가 펼쳐진 도시 목포에서 상경한 친구였다. 당시 그녀와 나는 같은 고시원에서 지내고 있었는데, 그러다 보니 숙소와 학원 등 그녀와 나의 생활 반경은 99.9% 일치했다. 그 시절 낯선 그 서울에서 일거수일투족을 함께 해 줬던 동지였던 것이다. 그녀와는 여전히 안부를 나누며 지내고 있다. 서울에 놀러 오면 사주겠다는 숙대 앞 냉면을 기약하며.

당시 내게는 고시원의 방 한 칸마저 흥겨웠다. 첫 자취였으니까. 다만 고시원이라는 공간이 그토록 방음이 안 되는 공간인지는 미처 알지 못했다. 어느 날 아침, 내 방문 앞에 포스트잇이 하나 붙어 있었는데, 그때 그 포스트잇에 적혀 있던 메시지를 김바다는 아직도 기억하고 있더라. 남의 흑역사가 원래 기억에 잘 남는 법이지 않은가. 포스트잇에는 '노래는 노래방에서'라는 메시지가 적혀 있었고, 깔깔깔 웃는 김바다 옆에서 나는 정수리까지 뜨거워졌었다.

그때의 일화들이 이제는 추억이 되어, 종종 대화 안주로 등장하곤 했다. 전라도 사투리를 구수하게 구사 중이던 내가 경상도 사투리를 쓰던 김바다에게 왜 그렇게 사투리를 많이 쓰냐고 뭐라 했다던 일화도 있었다(사실 난 기억을 못하고 있었다). 사투리 쓰는 건 지나 나나 매한가지이거늘, 자기한테 면박 주는 게 열 받았던 친구는 '니도 사투리 쓰거든!' 하고 받아쳤고, 이에 질세라 나는 또 '언제 썼간디?!' 하고 받아쳤다고. 이 와중에 사투리를 쓰는 내가 참 어이없었다는 게 이야기의 포인트였다. 그때 내가 왜 그랬는지는 여전히 풀리지 않는 미스터리다.

아무튼 그때의 나는 전반적으로 천진난만했었다. 눈치도 없고 철도 없고. 그냥 꿈을 꾸던 그 순간이 행복했던 아웃사이더, 딱 그랬던 것 같다. 그렇게 꿈을 꾸는 것만으로도 행복하던 시절이 있었다면, 지금은 꿈이 인생의 필수는 아니라고 생각하게 되었다. 꿈에 대단한 의미 부여 역시 하고 싶지 않달까. 거창하고 원대한 의미가 부여될수록 현실이 더 고달프고 서글프게 느껴질 수도 있다는 걸 알게 됐으니까.

꿈만큼 중요한 건, 세상의 한계와 모순을 받아

들인다는 것이었다. 이제는 안다. 이 세상의 한계와
모순을 받아들이고 난 뒤에도, 꿈꾸는 일을 지속한
다거나 또는 꿈꾸는 이들을 응원할 수 있는 마음
을 가지고 있다는 것이 더 대단한 일이라는 것을.

지금의 나는 그때 그 철부지와 사실 달라진 게
별로 없다. 그때보다 조금 더 눈치가 빨라졌을 뿐
여전히 철모르고 살아간다는 건 비슷한 것 같달까.
그러고 보면 난 참 한결같다니까!

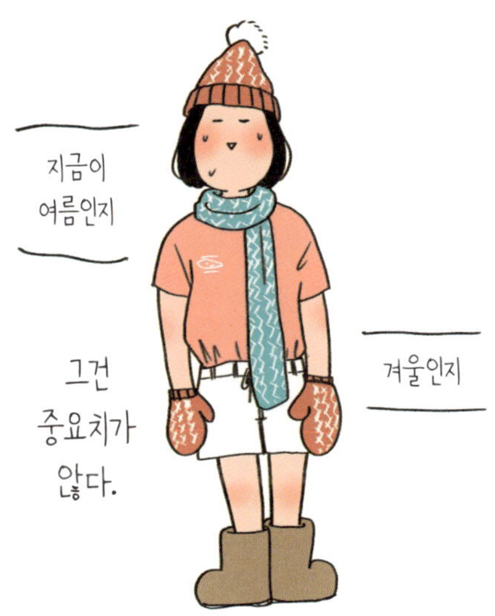

외할머니

"한번 사는 인생, 하고 싶은 거 하고 살아야지."

우리 외할머니에게는 명절에 가족들이 모인 자리에서 언제나 꺼내는 그 시절 발칙한 무용담이 하나 있다. 시대를 잘못 만나 본인은 본인의 재능을 만천하에 펼치지 못했다는 이야기이자, 동시에 그러니 좋은 시대에 태어난 너희들은 마음껏 펼치고 살라는 이야기였다.

소녀였던 외할머니는 그림을 그릴 때면, 사납고

무서운 어머니로부터 정신 사납게 화상을 그린다고 꾸지람을 받았고, 노래를 부르면 화냥년 날 일 있냐며 꾸중을 받았었다고 한다. 매번 어머니가 그렇게 화를 내고 욕을 해대는 탓에 그 시절 외할머니는 그 무엇도 자기 마음 가는 대로 실컷 할 수가 없으셨다고. 그럼에도 불구하고 그 서러운 와중에도 외할머니는 자기 하고 싶은 건 다 했다고, 어떻게 했는지 노하우까지 곁들이셨다. 어머니가 등 보이는 순간을 노렸다가 몰래 요렇게 살짝 꺼내서 칠하고 또 몰래 저렇게 살짝 부르고. 그 시절의 잽싼 동작을 시범까지 보이시며 자랑스럽게 이야기하시는 대목에서 보통 가족들의 웃음이 터지곤 했다.

결국 패션 공부를 하겠노라 가출하여, 친구와 서울 가는 기차에 몸을 실었던 대담한 그녀의 이 맹랑한 무용담은 내가 나이가 들수록 더 흥미진진해졌다. 물론 서울까지 찾아온 아버지에게 붙들려 다시 집으로 돌아왔다는 걸로 이야기는 끝이 난다.

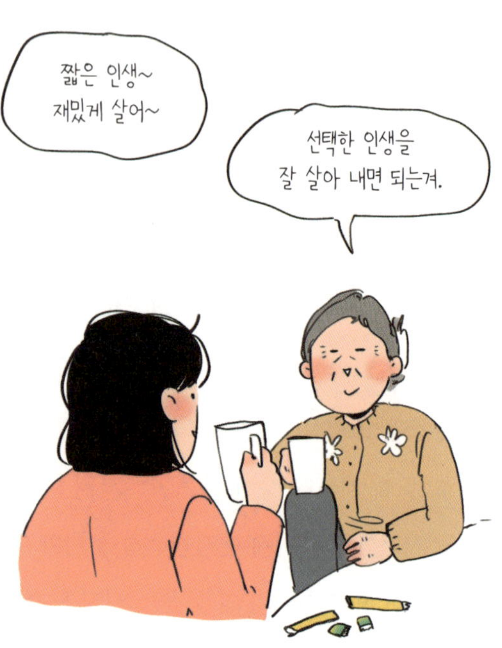

언젠가 내가 나이가 들었을 때,
과연 나도 할머니처럼 이야기해 줄 수 있을까.

요즈음 외할머니는 아낌없이 본인의 자유와 흥을 누리며 사시는 듯하다. 아침에 눈뜨는 순간부터 잠들기 직전까지 그 어떤것으로부터 더 이상 구애받지 않으셨다. 부르고 싶을 때 마음껏 노래를 부르고, 내일 경로당 패션으로는 무엇을 입을지 거울 앞에서 명랑한 고민을 하신다. 또 꽃무늬 스웨터를 자랑하시기도 하고, 재봉틀을 돌려 곧잘 본인 취향대로 옷을 리폼하시기도 했다.

우리 할머니처럼 나이를 먹어 가고 싶다. 본인은 어려운 세월을 지내왔음에도 손자 손녀들에게는 한번 사는 인생 하고 싶은 걸 하라고 말씀해 주시는 것처럼, 그런 따뜻한 이야기를 아낌없이 나눠 줄 수 있는 사람이 되고 싶다. 결국 그런 게 삶의 용기가 아닐까. 그녀의 용기를 따라, 나도 그렇게 내 앞의 세월을 헤쳐 나아가 보고 싶다. 명랑하고 넉넉한 마음을 가진 어른이 되어 가고 싶다.

좋음과 싫음 사이

'좋은 게 좋은 것만은 아니고, 또 나쁜 게 나쁜 것만은 아니다'라는 말이 있다. 평소 좋아하는 말이다. 그렇다. 나는 좋음과 싫음을 판단하는 일 앞에 신중하고 싶은 편이다. 좋고 싫음을 결정할 수 있다면, 그것을 최대한 보류하고 싶다. 모든 '좋고 싫음'이 동전을 뒤집는 일과 같이 양면적인 일 같아서. 지금 이 순간의 좋고 싫음조차 영원할 수가 없는걸. 그러니 덜 성급해도 좋았다. 성급하게 자신을 결정과 판단의 순간으로 밀어 넣지 않아도 좋았다. 힘을 빼고 상황을 관망해도 괜찮았다.

섣부른 입장 선택과 결정이 우리네 삶에서 많은 것들을 놓치게 하고, 마음을 가난하게 만들 수도 있다. 그럼에도 매 순간 우리는 모든 일에 선택과 입장 정리를 강요받고 있는 걸지도 모른다. 그냥 흐르면 흐르는 대로의 지혜, 치우치지 않고 균형 있게 머무르는 감각으로 살아 나가고 싶다.

좋은 것을 주제로 이야기할 때보다 싫은 것을 주제로 이야기할 때 더 큰 에너지를 얻는 사람이긴 했다. 그렇지만 싫은 것을 이야기할 때마다 비어 가는 마음은 더디게 채워졌고, 또 어떻게 채워야 하는지 방법을 몰라, 좋은 것을 쓰고 그리며 애정하는 사람들과 함께하는 시간으로써 마음을 채웠다. 그러다가도 이 세상에 좋은 것만 존재하지 않는다는 걸 모르지 않는 이가 이러는 것이 위선적이라고 느껴져서, 나는 또 싫은 것을 이야기하고야 말았다. 결국에는 반복되는 이 과정 속에서 '현타'를 맞이하게 되는 것이었다.

그랬다. 좋은 것만 이야기하기에는 삶은 아름답지 않았고, 싫은 것만 이야기하기엔 삶은 아름답다. 어쩌면 이를 받아들여 나가는 과정이 결국 균형을 찾아가는 과정이었던 것이 아닐까. 그러니 조금은 편안해져도 좋겠다. 매 순간의 좋고 싫음, 그것들의 존재에 대해서 마음 편히 굴어도 좋다. 성급하게 판단하거나 결론 내리지 않기 위한 인내와 아량, 그리고 부지런히 마음의 균형을 찾아 나가는 일상을 살면서, 그렇게 편안해졌으면 좋겠다.

여태껏 '좋고 싫음이 뚜렷하지 않은 사람', '자기 의견이 없는 사람', '애매한 사람', '회색분자 같은 사람', '눈치만 보는 사람'이라는 이야기를 종종 들어왔다. 사실 그것들을 꽤 신경 써 왔다. 두려웠으니까. 아마도 나 역시 좋고 싫음의 양 극단에 있는 의견만이 뚜렷하고 선명하다고 생각했으니까. 뭔가 그 사이에 서 있는 사람들은 자기 의견이나 소신 하나 없이 맹맹하고 멋없다고 생각했으니 말이다.

이제서야 앞으로 가져 가고 싶은 삶의 태도가 한결 명확해졌다. 더 애매모호하게 살아야지. 애매모호한 사람으로서의 줏대와 고집을 지켜야지. 그렇게 살아가 보려 한다.

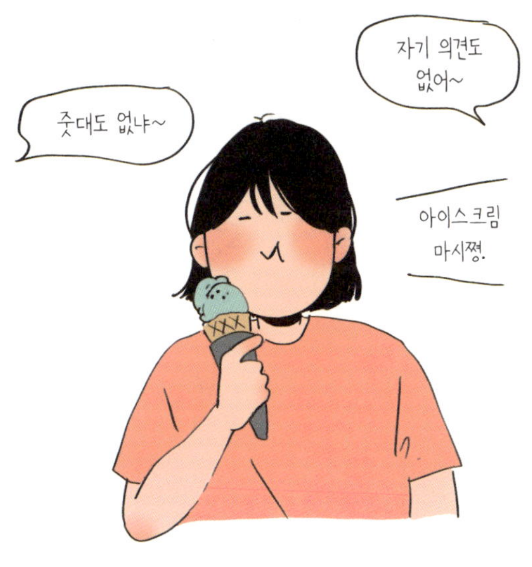

알빠쓰레빠. 내 갈길 가련다.

당신의 행복은 무엇인가요.

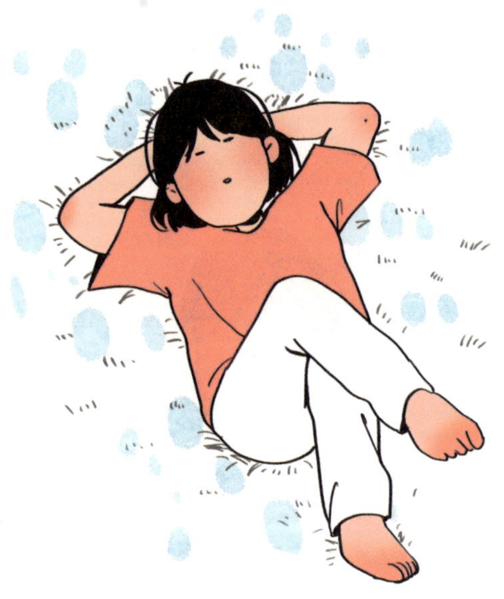

행복을 찾는 일

직장인의 삶을 살며 해가 갈수록 한 가지 껄끄럽게 느껴지는 질문이 있었다. 바로 '행복이란 무엇인가?'라는 물음을 던지는 일이 그러했다. 왠지 팔자 좋은 소리 같아서. 그렇지만 이제는 이야기할 수 있을 것 같다. 그럼에도 삶은 행복을 향해 가야 한다고. 행복에 대한 거창한 무언가를 이야기하는 것이 아니다. 지금 이 순간의 행복에 대해서 꼼꼼히 관찰하고 부지런히 느끼는 일이었으면 좋겠다. 결국 이 모든 건 행복해지기 위한 일일 테니까.

하지만 나의 행복, 그것의 정의는 저마다 다를 수 있으니, 행복에 대해서만큼은 자신만의 정의가 존재하길 바란다. 내게 행복을 주는 것이 무엇인지를 탐색해 나가는 과정에서 망설임이나 부끄러움이 없는 우리가 되었으면 좋겠다. 살아가며 행복이 무엇인지를 떠올리는 빈도가 줄어들더라도 행복은 우리네 삶에서 절대 양보하거나 놓치면 안 되는 것임을 잊지 않았으면 좋겠다.

삶을 살아가는 태도

언제나 명랑할 수 있다면 좋겠다. 비록 눈물짓더라도 금세 별일 아니란 듯 털고 일어날 수 있었으면 좋겠다. 나 자신뿐 아니라 주변에도 아량을 갖는 사람이면 좋겠다. 늘 좋은 시선을 선택하는 삶을 살았으면 좋겠다. 무엇보다 결코 '낭만'을 포기하지 않았으면 좋겠다. 누가 뭐래도 나는 철없는 게 아니라 낭만적인 거니까.

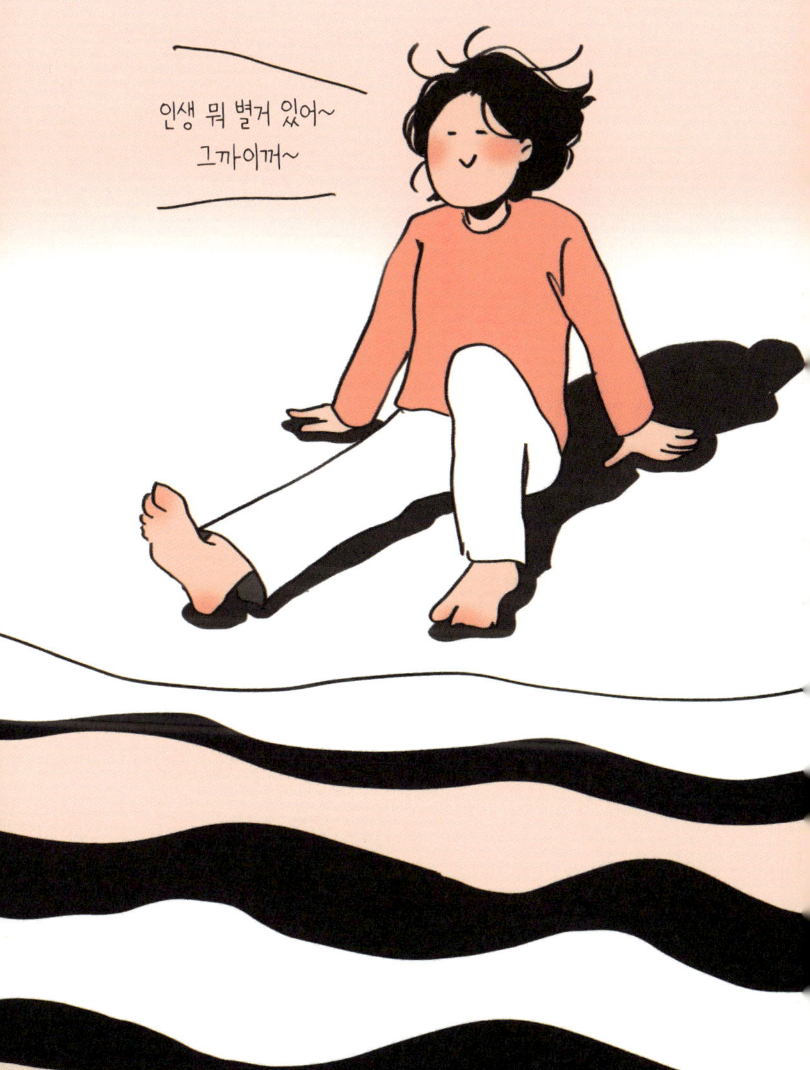
별일 아니란 듯
털고 일어날 거야.

인생 뭐 별거 있어~
그까이꺼~

SNS 시대의 관계를 받아들이며

직장인이었던 내가 SNS를 활용하는 방식과 그림쟁이로서 SNS를 활용하는 방식에는 공통점과 차이점이 존재한다.

우선 공통점은 둘 다 나의 기분과 생각, 상황을 업로드한다는 점이다. 물론 전자는 오늘 내가 먹은 점심 또는 커피, 회사에서 받은 선물, 회의실에서 찍은 사진 등 상황을 사진의 형태에 담아 올리는 것이었다면, 후자는 생각과 감정을 그림이라는 형태에 담아 올린다는 데 있다. 사실 그림 활동을 하는 초반만 해도 지금 내가 하고 있는 행위가 '인스타 툰'이란 단어로 정의되는 것임을 알지 못했다. 그저 나의 답답했던 심정(특히, 퇴사 전후의 상황이었으니 얼마나 마음에 쌓아 둔 말들이 많았겠는가!) 등을 표출하려던 개인적인 성격이 더 강했고, 아마 이 또한 직장인이었던 과거와의 공통점이라 할 수 있겠다.

반대로 시간이 흐를수록 차이점은 분명해져 갔다. 전자의 경우 SNS에 업로드한 글을 누가 볼까 싶어(뻔히 예상되는 직장 동료나 상사를 고려해) 최소한의 정보만을 노출했고, 나만 알아볼 수 있는 자기만족형 기록에 가까웠다면, 후자의 경우 익명의 누군가가 봐 주고 공감하고 반응해 주면 그것이 원동력이 되어 이야기를 지속해 나갈 수 있는 힘이 되었다. 그것은 자기만족형 기록과 표출의 형태이기도 했지만, 동시에 봐 주는 이들과의 '소통'과 '공감'이 행위 지속의 강한 동기가 되어 주는 것이었다. 서로 얼굴을 알지는 못하지만, 그렇게 화면 너머 실존하고 있을 사람들과 강력하게 '연결'되어 가는 감각을 알게 되었다.

서른 해를 살아오며 내가 지향해 왔던 인간관계는 사실 이와는 전혀 달랐다. 좁고 깊은 인간관계, 그 안에서 안정과 평안을 얻는 타입이었으니까. 그렇기에 SNS에 그림을 올리기 시작하면서부터 지향하던 관계의 틀을 벗어난, 또는 넘어선 이 새로운 관계를 어떻게 받아들여야 하는지에 대한 의문과 마주해야 되는 순간은 필연적이었을 것이다. 이전에는 경험해보지 못한 관계와 소통은 스스로 규정 지었던 나의 영역, 생각, 경험의 틀로부터 나를 꺼내주었다. 즉 그들과의 관계로, 내가 한정 지었던 틀이 깨지고 그로써 나의 세계가 확장되어 갔다.

최근 만화책을 좋아해서 중고 품목들을 수집하고 있다는 이야기를 SNS에 올린 적이 있었다. 만화책 중고 거래를 무사히 마친 뒤 신난 마음으로 글을 올렸는데, 그것을 보고 몇몇 독자분들이 자신이 보관하고 있던 오래된 만화책과 일러스트집, 본인의 재즈 음반(독자분 중에 재즈 음악을 연주하는 분도 계셨다!) 등을 나의 작업실로 고이 보내 주시는 게 아니겠는가!

SNS 시대에서 작가와 독자의 관계란 이처럼 생동감이 넘친다. 과거에는 작품을 매개로 작가의 이야기만이 독자에게 전달되는 일방적 관계였다면, 이제는 서로의 경험을 더욱 활발하게 나눌 수 있는 쌍방적 관계로 변화한 것이다. 나는 이 새롭고 낯선 관계 속에서 많은 도움을 받고 있다. 서로의 불완전함이 치부나 부끄러움이 아닌, 위로와 응원이 되기도 하는 상황 속에서 본디 '사람 사는 일이 이러하지 않은가'란 맥락을 배우고, 모두의 불완전함에 대한 관용을 배우고, 완전하지 않기에 비로소 아름다울 수도 있음을 알아 가고 있다.

　나아가, 나처럼 아직 입지가 부족한 창작자에게 SNS의 활용은 자신의 세계를 점점 더 단단하게 다져 가는 과정과도 같다. 결국 지켜봐 주는 이들의 관심은 창작을 지속하는 동기가 되어 주고, 다양한 피드백을 직접적으로 접하는 과정 속에는 내가 모두를 만족시킬 수 없음을 인정하는 순간이 찾아온다. 두려움으로부터 자유로워지도록 마음을 다지고 동시에 자기 확신을 향해 기꺼이 걸음을 옮기며 취향과 기술을 다져 나가게 된다. 어쩌면 그곳에 쌓여 가는 한 창작자의 짙어지는 색이란 개인의 성장 과정과도 맞물려 있는지도 모르겠다.

　SNS는 그것이 등장한 이래, 언제나 인생의 낭비쯤으로 여겨져 왔다. 그런데 모든 일이 그렇듯, 활용하기 나름이라는 것은 여기에도 적용된다. 낭비가 될 지, 낭만이 될 지, 그건 각자의 몫 아니겠는가.

　나는 앞으로도 끊임없이 이야기해 나가고 싶다.

삶에 대한 나의 의지가 누군가에게 닿길 바라며, 되도록이면 '진실함'을 전시하고, '다정함'을 업로드하면서 SNS를 적극적으로 활용해 나갈 예정이다. 그렇게 서로의 빛나는 의지를 벗 삼아 이 삶을 한번 잘 살아가 보자고 계속해서 이야기해 나갈 것이다.

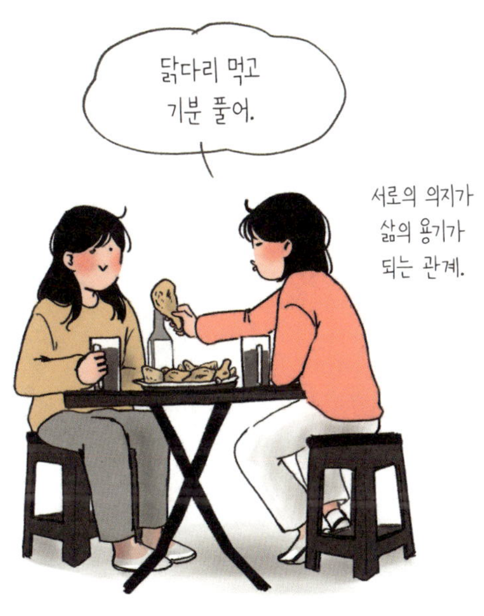

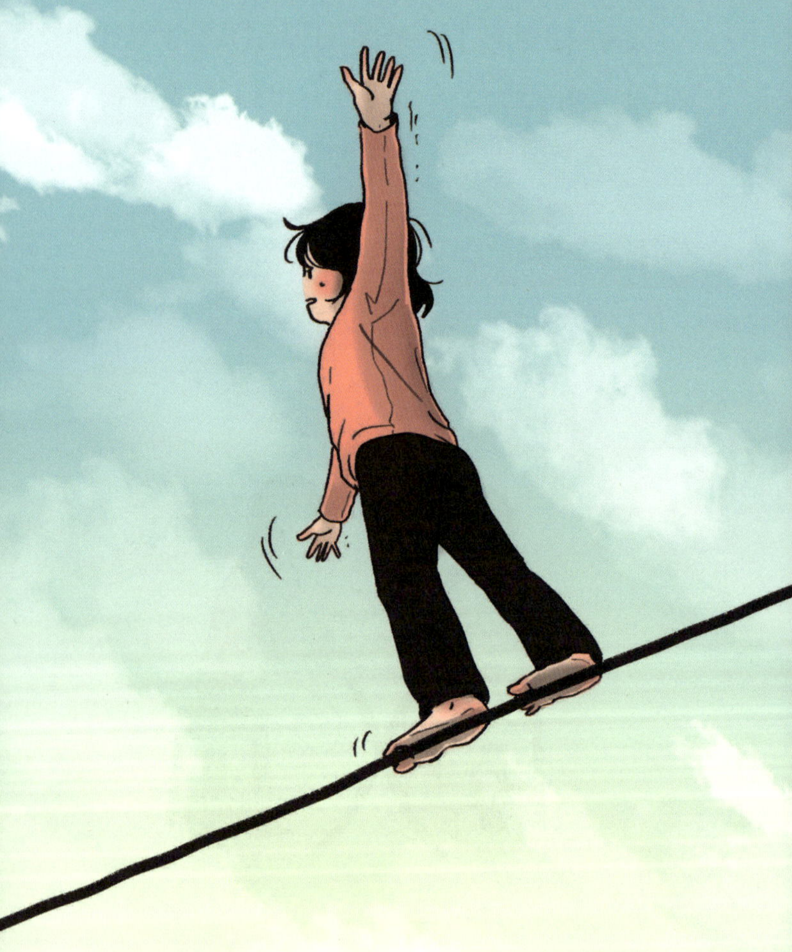

오만함에 담긴 찬란함을 좋아한다.

마음껏 오만했던 지난날을 돌이켜
문득 다행이라 생각했다.

그 모든 것은
결국 그때이기에 그럴 수 있었으니까.

자신에 대한 규제와 검열 대신
그저 마음껏 오만했으면 좋겠다.

미흡하고 실수투성이일지라도
두려움 없이 오만했으면 좋겠다.

젊음이여.
두려움 없이 오만하자.

표류 중인 연애와 어떤 결론

애인과는 어느덧 800일이 넘어간다. 우리 둘의 나이를 합치면 거의 70에 가까운데 여전히 결혼하지 않은 상태로 함께 표류 중에 있다.

애인과 결혼에 대해서 종종 이야기를 나누는데, 언젠가 그런 이야기를 나눈 적이 있다. 연애의 해피 엔딩이 결혼이라고 가정했을 때, 우리 연애는 해피 엔딩이 아닐 수도 있겠지만 너무 슬퍼하진 말자고. 그렇다고 이 연애의 다른 엔딩을 따로 생각한 것은 아니었다. 그저 결혼에 대해 포커스하기보다는 현재 관계와 유대감에 집중하자는 의미였다.

나무 아래 나란히 앉아 우리가 처한 상황들에 대해 이야기를 나누었다. 하늘은 맑았는데 바람은 꽤 쓸쓸했다. 햇살은 따사롭고 공기는 청량했다. 나무 아래 찬란하게 흔들리는 그림자를 쳐다보고 있었다.

얼마 전, 오랜만에 서울에 볼일이 있어 올라갔었다. 간 김에 서울에 있는 외할머니 집에서 며칠 머물게 되었다. 내려오는 마지막 날에는 함께 점심을 먹는데, 할머니께서 이런 이야기를 꺼내셨다.

"슬슬 결혼해야제~"

그 말이 좋게 들렸던 이유는, 아마도 응원에 가까웠기 때문일 것이다. 할머니도 상황은 대충 알고 계셨다. 이를 테면, 부모님이 반대하고 있는 상황 같

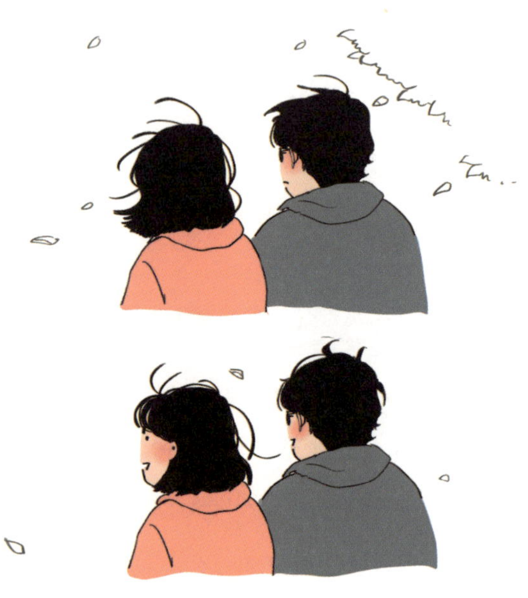

현재 풍경을
즐기고 있습니다.

은 것들 말이다.

"네가 좋으면 하는 것이여. 사람 쓸 만하다 싶으면 얼른 네가 부모한테 데리고 와야제."

할머니의 뼈 때리는 발언이 이어졌다. 사실은 그랬다. 이 문제에 부모님을 설득해야 되는 상황은 핵심이 아닐 수도 있었다. 그보다 더 중요한 건 나와 상대가 아닐까. 그리고 그보다 더욱 중요한 건, 어쩌면 내 마음. 이 '결혼'이란 것에 대해 여전히 두려움을 느끼고 있는 내 마음이었던 것이다. 애인과 결혼하고 싶은 마음과 결혼이란 관습에 대한 불신. 그 사이를 헤매는 마음. 부모님의 반대 뒤에 숨기를 그만하고, 일단 나부터 중심을 찾을 필요가 있었다.

어쩌면 결혼을 한다, 만다, 해야 한다, 하지 말아야 된다는 식의 결정이 아니라 결혼 자체를 스스로 자연스럽게 받아들일 수 있는 과정이 필요했던 걸지도 모르겠다. 나도 이번 생은 처음이라서. 이제야 처음 마주하는 고민들이라서. 물론 이런 큰 깨달음에도 불구하고, 여전히 나의 연애는 표류가 계속될 전망. 그저 모든 걸 자연스럽게 받아들여 나가려 한다. 표류할 때 가장 중요한 건 힘을 빼는 것! 그것을 잊지 않으면서 말이다.

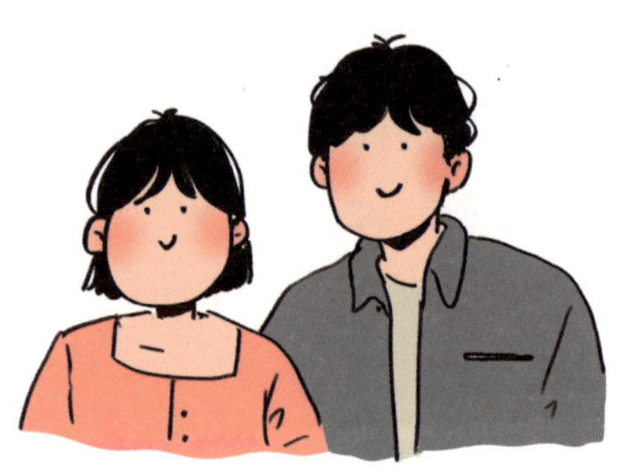

엔딩 없음

내 꿈은 낭만적인 할머니

운영 중인 SNS를 구독해 주고 계신 독자 한 분으로부터 인상적인 질문을 받은 적이 있다.

"10년, 30년, 50년 후에 어떤 미래를 생각하시나요?"

미래에 대해 구체적으로 생각해 본 적이 없었던 것 같다. 사실 퇴사 후 나는, 미래에 대한 불안감에 잔뜩 긴장하여 허우적거리고 있었다. 미래를 그리는 일 자체가 겁이 나니, 그것을 그릴 여유도 용기도 많지 않았다. 그저 현재에 충실하자는 생활 모토로 하루하루 지내고 있었던 것 같다.

사실 그랬다. 좋아하는 일을 하겠다고 회사를 관둔 나였지만, 새로운 현생과 당장 코앞의 마감에 쫓겨 정신없이 시간을 보내던 중이었다. 오히려 당시의 나는 '미래에는 이럴 것이다' 또는 '이랬으면 좋겠다'와 같은 생각들에 대해 '부질없다'고 느끼고 있었다. 더 냉엄하고 살벌해진 현실 앞에 '무의미한 감각' 또는 머나먼 '환상'처럼 느끼고 있었다.

질문을 놓고 한참을 생각했다. 오히려 질문을 받은 그제야 내 일상 속 낭만의 실종을 인지하게 되었다. 내 삶에서 낭만을 빼면 시체인데, 비상사태나 다름이 없었다. 생각한 대로 살아보겠노라던 일 년 전의 마음은 그 사이 온데간데없이 사라져 버리고, 현실 앞에 바짝 말라 뻣뻣한 빨래마냥 건조해진 마음만이 또다시 남아 있더라.

내 인생에 낭만은 중요하다. 낭만 없이 어찌 이 현실을 지속하고 지탱해 낼 수 있겠는가. 그것이 가능하다고 생각한다면, 오만은 아닐지 점검해 볼 필요가 있겠다. 아무튼 질문을 마주하던 그 순간에서야 '자신을 믿는 행복한 어른'에 대해 생각해 보고 싶어졌다. 그게 아마 내가 최종적으로 도달하고 싶은 삶의 모습이 될 것 같다. 이름을 붙이자면 '꿈' 정도가 적합하겠고.

일단 10년 뒤면, 마흔둘이 된다. 이쯤 되면 몇 개의 작품을 펴내고 소소하게 이름을 알린 만화가가 되어 있지 않을까. 그랬으면 좋겠는데. 이건 10년 뒤에 확인해 봐야겠다.

30년 뒤에는 예순둘이 된다…. 그쯤에는 지금의 애인과 만화책이 가득한 책방을 운영하고 있으면 좋겠다. 좋아하는 옷을 과할 정도로 잔뜩 걸쳐 입고, 나이에 안 맞는 귀여운 미소로 명랑하게 손님

들을 맞이해 주는 중년의 모습을 상상해 본다. 편히 보고 가라는 말을 건넬 줄 아는 넉넉한 마음을 가지고 있다면 더욱 좋겠다.

50년 뒤의 나는 어느덧 여든둘이 되어 있을 것이다(아직 감이 잘 안 오는 나이). 그러니 일단 건강했으면 좋겠다⋯. 친절이란 결국 건강에서 나오는 것 아니겠는가. 그러니 뭐니 뭐니 해도 건강한 할머니가 꼭 되어야 할 것 같다. 다양한 사람들과 언제나 유쾌하게 이야기를 나눌 수 있는, 젊은 친구들에게 잔소리 대신 친절한 응원을 퍼붓는 할머니가 되고 싶다. 딱 외할머니가 내게 그랬던 것처럼.

기왕이면 낭만과 유머를 잃지 않으면서,
그렇게 나이 들어 갔으면 좋겠다.

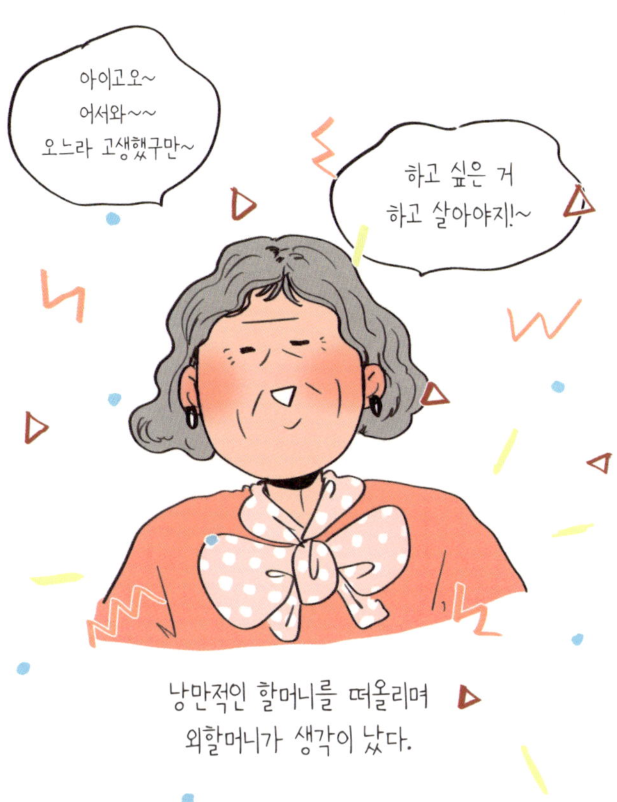

낭만적인 할머니를 떠올리며
외할머니가 생각이 났다.

저는 그런 사람입니다. 요란 떨기 싫은데 실제로 굉장히 요란한 사람이죠. 많은 것들 앞에서 괜히 아닌 척, 놀라지 않은 척, 긴장하지 않은 척, 슬프지 않은 척, 화나지 않은 척, 흥분하지 않은 척, 싫지 않은 척하고 살아왔습니다.

그런데 또 재미있는 것은, 처음에는 '척'했을 뿐인 일들 중 몇몇은 도저히 못 참겠어서 더 이상 하지 않게 되는 단계에 다다르게 되었거나, 또 몇몇은 원래 그랬던 것 같이 행동기질로 자리 잡게 된 것도 같고요. 뭐가 좋다 나쁘다 그건 잘 모르겠습니다.

책을 통해 싫음을 받아들이는 과정에 대해서는 이야기를 남겨 보았으니, 책의 마지막에는 '부족함'에 대해 한번 남겨 보고 싶습니다.

사실 저는 살며 많은 순간, '부족함'에 대해 너그럽지 못했습니다. 나의 부족함에 대해 일단 너그럽지 못했으니, 타인의 부족함에 대해서도 그랬을 테지요. 표면적으로는 괜찮다고 하지만, 뒤에서는 '손절각'을 보고 있었을지도 모르겠고요. 아무튼 부족함이라는 것이 참 껄끄럽고 부끄러운 것인 줄 알았습니다.

특히 회사를 다니면서는 '죄송하다' 이야기하는 것 역시 어쩐지 쉽지 않은 일, 또는 하면 안 되는일이 되기도 하였습니다. 내가 표현한 죄송함이 가끔 나의 발목을 잡기도 했고, 어떤 사태를 수습함에 있어 책임을 인정하는 일이 되기도 했죠. 책임을 회피할 최대한의 구멍을 여기저기 늘 만들어 놓고, 그것이 일을 잘하는 것이라고 생각하게 되었던 것 같습니다.

그래서인지, 회사라는 곳에서의 사회생활을 정리한 뒤, 가장 낯설게 느껴지고 또 가장 인상적인 단어가 있었다면, '죄송합니다'였습니다. 죄송하다는 말을 제게 건네는 새로운 협업 상대를 보며 '아, 이런 세계도 있구나!' 느꼈어요. 죄송하다고 이야기 꺼내도 괜찮은 세계가 있음에 기뻤습니다. 그리고 이내 생각했습니다. 죄송하다고 이야기하지 못하는 자신에 대해서요. 자신의 부족함을, 잘못을 인정하는 자세. 저는 무엇이 그렇게 두려웠던 걸까요.

이제는 그렇게 살고 싶습니다. 자신의 부족함 앞에서도 숨기거나 부풀리지 않고요. 부족함이 만약 스스로 조금 거슬린다면, 그것을 메우기 위해 노력하는 방향으로 살고 싶습니다. 그게 미련 맞을 수도 있겠지만, 후회 없이 산다는 건 그래야 한다고 생각하니까요.

마지막으로 헤매는 밤, 저의 부족함 곁에서 기다려주신 출판사와 편집자님, 그리고 이 책을 함께해 주고 있는 모든 분들에게 감사의 마음을 전합니다. 그리고 정말 마지막으로요. 이 이야기들이 닿은 곳에 마음 평안한 날이 더 많았으면 좋겠습니다.

부디, 오늘의 낭만을 즐겨요.

철없는 게 아니라 낭만적인 거예요

초판 1쇄 발행 2020년 09월 25일
초판 3쇄 발행 2020년 10월 12일

지은이 웅켱
펴낸이 김기용 김상현

편집 전수현　　**디자인** 이현진
마케팅 박혜진 염시종 최의범

펴낸곳 필름(Feelm) 출판사
등록번호 제2019-000086호　　**등록일자** 2016년 6월 13일
주소 서울시 마포구 월드컵북로5가길 31, 2층 (서교동 447-9)
전화 070-8810-6304　　**팩스** 070-7614-8226
이메일 office@feelmgroup.com

필름출판사 '우리의 이야기는 영화다'

우리는 작가의 문체와 색을 온전하게 담아낼 수 있는 방법을 고민하며 책을 펴내고 있습니다.
스쳐가는 일상을 기록하는 당신의 시선 그리고 시선 속 삶의 풍경을 책에 상영하고 싶습니다.

홈페이지 feelmgroup.com　　**인스타그램** instagram.com/feelmbook

ⓒ 웅켱, 2020

ISBN 979-11-88469-61-1 (03810)

- 이 책 내용의 일부 또는 전부를 재사용하려면 반드시 필름출판사의 동의를 얻어야 합니다.
- 책값은 뒤표지에 있습니다. 잘못 만들어진 책은 구입처에서 교환해 드립니다.
- 이 도서의 국립중앙도서관 출판예정도서목록(CIP)은 서지정보유통지원시스템
  홈페이지(http://seoji.nl.go.kr)와 국가자료종합목록시스템
  (http://www.nl.go.kr/kolisnet)에서 이용하실 수 있습니다(CIP제어번호 : CIP2020036805).